1

THAT TURTLE, THE STRONGEST ON EARTH

最強

しんこせい

Illustration 福きつね

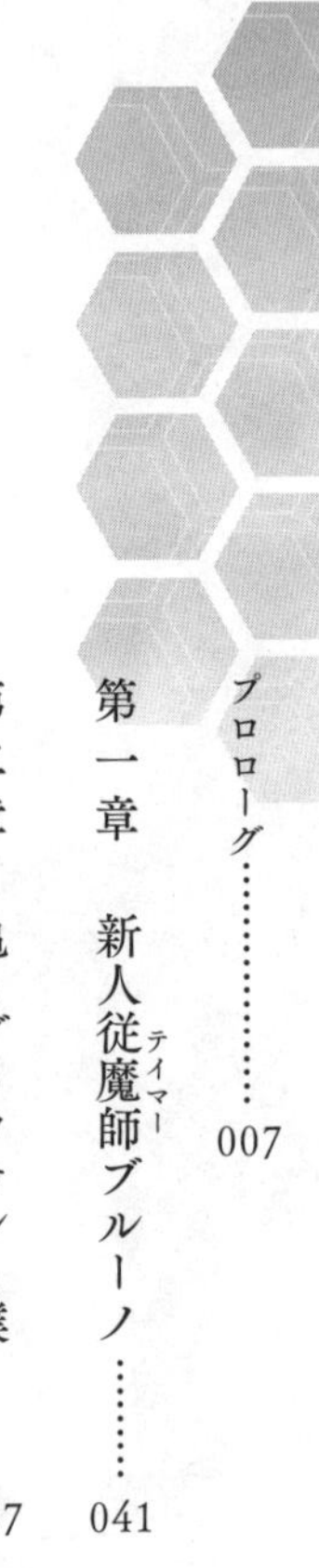

That turtle,
the storongest on earth

プロローグ

それは僕――ブルーノが、八歳の頃のことだった。

僕の住んでいる村では年に一回、麦の収穫に合わせてお祭りが開かれる。

今年の麦の豊作を感謝し、そして来年も変わらずに豊作でありますようにと祈る。信心深くはない村の皆が一年に一度だけ心から豊穣の女神様に感謝する日だ。

お祭りは屋台や出店なんかも並び、結構にぎやかで楽しい。

大人達には、領主様から気前よくタダ酒が振る舞われる。

「いやぁ、やっぱり収穫祭は最高だな、ブルーノ！」

一緒に祭りを回っていた父さんは、こんな時くらいしか飲めないからと何杯もお酒を飲んで、すぐに出来上がってしまった。

実の父としてはかなり情けないことなんだけれど、すぐにベロベロに酔っ払って足取りがおぼつかなくなってしまい、早々にダウンしてしまった。

すぐに井戸端ネットワークを使って父さんを回収にやってきた母さんは「遅くならないうちに帰って来なさいよ」とだけ言い残して、父さんを引きずりながら家へと帰っていった。

強引に家に帰って来いとか言ってこないあたり、理解のある母親だよね。

さて、というわけで僕は祭りを一人で楽しむことができるようになった。

子供は遊べる場所があれば、どこでも楽しめる。そこに財布の紐が弛（ゆる）んだ父さんからもらった小遣いも足せば、楽しさは更にドンっと何倍にも膨れ上がる。

僕は両親と離れ、ちょっと大人な気分に胸を弾ませながら、一人で祭りを満喫し始めた。

出店はどれも目を引くものばかりで、甘い物や鼻をくすぐる食べ物の匂いの誘惑はなかなかに強烈だった。

けれどもらったお小遣いはそこまで多くはない。

これだと決めたものに絞らないで買ってしまえば、あっという間になくなってしまう額だ。

なので僕は後になってから後悔しないお小遣いの使い道を探すべく、屋台を一軒一軒慎重に吟味していくことにした。

「色々あって、どれにするか迷っちゃうなぁ……あれ、なんだろ？」

その時僕の目を引いたのは、一つの出店だった。

芳しい匂いを出しているわけでも、派手な何かがあるわけでもない。

というかむしろ地味で、なんならちょっと臭い。なので全然人は居なくて、ちょっと立ち止まった人もすぐに去っていってしまっているようだった。

そこの露店でやっているのは、どうやら亀掬(すく)いというゲームらしい。

屋台をやっているおじさんの目の前には大きな水槽があり、中ではたくさんの亀達がぷかぷかとゆっくり泳いでいた。

どうやら薄い布を張った木の枝で掬うことができればその亀がもらえるというルールらしい。

その料金はなんと、一回で銀貨一枚。

僕がお祭りだからって父さんにもらえたのは、銀貨一枚と銅貨が五枚。

銅貨はもう四枚使っていたから、亀掬いをやればあと銅貨一枚しか残らない。

当時の僕からしてみると、それはものすごい大金だった。

この亀掬いを一度してしまえば、それ以降僕にできることは、祭りの雰囲気を楽しむことくらいになってしまうだろう。

——けれど僕は、迷わなかった。

「お、なんだ坊主。亀掬いがやりたいのかい？」

「うん！」

テキ屋のおじさんに声をかけて、布付きの枝と木製の器をもらう。

「この器の中に入れられたら成功だからな。ただ掬っただけだとダメだから気を付けろよ」

わざわざ銀貨一枚という大金を使ってまで挑むことにしたのは、大きな水槽の中で泳いでいる一匹の亀が気になったからだ。

基本的に、亀という生き物は緑色をしている。

でもその亀だけは違った。

その体色は、綺麗な青色。

雲一つない快晴の空を思わせるほどに澄んだ色をしているその亀に、僕は一目惚れしてしまったのだ。

僕の目には、その亀が生きた宝石みたいに見えた。

惚れ込んでしまっては、挑戦しないわけにはいかない。

取る前から僕は密かに、その亀にアイビーって名前までつけていた。

「そいつは人気でなぁ、もう色んな奴らが挑戦したんだけど、結局誰も取れなかったんだよ」

僕がじっとアイビーを見つめているのを見て、どうやら狙っているらしいとわかったおじさんが笑い出す。

皆考えることは同じらしい。何人も挑戦したけれど、誰一人としてアイビーを掬えた人はいないという。

（だとしたら、普通にやってもダメなんだろうな）

祭りの出し物の中には時折、ありえないほどに高価だったり、人気だったりする商品が景品になることがある。

けれど大抵の場合、そういったものはそもそもくじの中に当たりが入っていなかったり、奇跡でも起きなければ取れないような仕組みになっている。

きっとこの亀掬いにおけるアイビーも、似たようなものなんだろう。

客寄せ……つまりは亀掬いに人を呼び込むための目玉商品なんだ。

滅多なことで取れないから、おじさんはきっとできやしないと笑っているんだ。

幼いなりになんとなくそれがわかった僕は、布を入れる前に考えた。

どうやったらアイビーが取れるのだろう。

僕はアイビーを飼いたいという一心で、じっと見つめていた。

「おいおい、あんまり時間をかけないでくれよ。他の子達もやりたがってるかもしれないからな」

僕以外に亀掬いをやっている人はいなかったし、やろうとしている人もいなかったけれど、おじさんは僕を急かしてくる。

だけどおじさんの言葉は、当時の僕の耳には、意味を持った言葉としてはまったく入っていなかった。

僕は完全に集中して、アイビーのことをじっと見つめる。

すると不思議なことに、アイビーがこっちを向いた。

そのつぶらな瞳を見ていると、僕の全てを見透かされているような気分になってくる。

(きっとアイビーは頭がいいんだ)

なぜだかわからないけれど、僕はそう確信していた。

もしかしたら自分がなんのために水槽に入れられているのかすら理解しているかもしれない。

いや、きっと理解しているに違いない。

だから僕は布を水の中に入れる前に、アイビーに語りかけることにした。

「こっちにおいで、アイビー。この水槽から出て、僕の家で一緒に暮らそう」

「ぷっ、おいおい坊主、亀に話しかけてどうするんだよ!! あーっはっはっはっ、こりゃ傑作だ!!」

いきなり亀に話しかけるなんて、バカな奴だと笑うかい?

僕の向かいに立ってた、テキ屋のおじさんみたく。

だとしたら君は大馬鹿者だ。

だって本当に――アイビーは人間の言葉がわかるんだから。

「みー」

「なあっ!?」

僕の言葉を聞いたアイビーはすいすいっと、こちら側へと泳いできた。

他の亀達の波を掻き分けて、僕のところへやってきたのだ。

亀が鳴くっていうのは、ちょっと驚きだ。

しかも思っていたよりも、声がずっと高い。なんだか可愛い声に、思わず笑みがこぼれた。

僕はどうすればいいかちょっとだけ悩んでから、とりあえずゆっくりと布を水に浸してみることにした。

するとアイビーはスイっと泳いで、布の上に乗っかってきた。

ドキドキしながら、ゆっくりと枝を持ち上げてみる。

するとそこには……四本の足で綺麗に立つアイビーの姿があった。

アイビーは信じられないくらい軽かった。

よく羽根のように軽いなんて言い方をするけれど、その表現じゃまだ足りない。

アイビーはまるで宙に浮かんでいるみたいに、重さらしい重さをまったく感じなかったのだ。

僕はアイビーを、掬い上げた亀を入れるための木の器の中に入れた。

アイビーはあまり広くはない器の中に入ってからとりあえず軽く泳ぎ。

満足したのか、器用に縁に腕を引っかけて、ひょっこりと顔を上に出した（あとでわかったんだけど、アイビーは実は雌だった）。

水槽の外の世界に興味津々な様子で、あたりを忙しなくキョロキョロと見回している。

「ふ……ふざけるなっ！　この亀は絶対に枝が折れるだけの重量があるんだ！　イカサマしやがったな、坊主！」

おじさんが怒鳴り散らしてきたが、僕は何もやっていない。

布を返して確認してもらう。

当たり前だが何も細工なんかしていないので、どれだけ目を皿にして見たって種も仕掛けもあるはずがない。

おじさんは細かい部分まで確認をして何もないとわかると、わかりやすくうなだれてしまった。

少しだけ悪いことをしたなという気分になったけど……でもそもそもの話、普通にやっても絶対に取れないアイビーを入れてたおじさんもおじさんだ。

だったらそれを取った僕は、まったく悪くはないよねと思い直すことにした。

自分を客引きにしていたおじさんが凹んでいる様子を見て、どうやらアイビーも溜飲が下がったようだった。

僕は彼女を肩に乗せて歩き出す。

「ずっと人が手で触ってると、亀にもストレスが溜まって元気がなくなるから気をつけろよ」

去り際、ちょっとだけ気を取り直した様子のおじさんがそう教えてくれたからだ。

「これからよろしくね、アイビー」

「みぃー」

こうして僕とアイビーは、運命の出会いを果たしたのだった――。

そしてアイビーは、すくすくと成長していった。

あの祭りの日から一年が経った。

今度はアイビーと二人で、一緒に収穫祭に出ることになった。

彼女はどんどんと大きくなっていて、両手じゃないと持ち上げられないくらいの大きさになっていた。

普通の亀は、こんな風に成長することはないらしい。

やっぱりアイビーは特別なんだと、なんだか誇らしい気持ちになった。

あ、ちなみにその年は亀揃いの屋台自体がなかった。

おじさんがもう阿漕(あこぎ)な商売なんかやらないと改心したのかと思ったけれど、そうじゃないらしいことはすぐにわかった。

というのも、去年出し物があったところからそう遠く離れていないところに、あのおじさんが輪投げの屋台を開いていたからだ。

その輪投げは、ちゃちいおもちゃ以外の景品を取るためには絶対に届かないであろう場所に輪を入れなくちゃいけないようになっていた。

輪を投げた瞬間に風でも吹かなければ到底届きそうにもない位置に、景品がもらえる棒が立っている。

どうやらおじさんは、まったく改心していなかったらしい。あの時の殊勝な態度は、きっと演技だったんだろう。

「お、お前は……あの時の坊主っ!?」

見つかってしまった僕は、余っている銅貨五枚を使って輪投げをやってみることにした。

すると不思議なことに、輪っかはふよふよと浮かび、一等賞の棒に入り銀貨五枚相当のお祭りの振興券をもらってしまった。

「ち、ちくしょお、ちくしょおおおおおおっっ!!」

おじさんは泣いていたが、もう流石に同情はしなかった。

アイビーも冷めた目でおじさんを見つめている。そして多分僕も、似たような顔をしているだろう。

「みぃ～」

ちなみにその振興券は、僕とアイビーがお祭りを楽しむための資金として、ありがたく使わせていただきました。

最近はアイビーもよく食べるようになってきたから、正直助かっちゃったよ。

アイビーと一緒に暮らすようになってから、二年が経った。

彼女はすくすくと成長しており、隣に住んでるランドルフさんが飼っている猟犬くらいの大きさになっていた。

そして不思議なことに、そんなに大きいというのに、僕は今でも軽々とアイビーを抱えることができていた。

僕がスーパーマンになったのかと思ったけど、そんなことはなかった。

どうやらアイビーは、自分の体重を軽くすることができるみたいだった。

なんで僕だけが屋台で簡単にアイビーを掬えたのか。

その理由を、二年越しに知った。

アイビーは昔を思い出して、たまに僕の肩に乗ろうとする。

「流石にもう肩には乗れないよ、アイビー」

彼女は僕がそう言うと、いつもしょんぼりした顔をして地面に着地する。

基本的には聞き分けの良い彼女だけど、僕の肩に乗っかることだけはなかなか諦めてはくれない。

きっとまたしばらくしたら、乗ってこようとチャレンジしてくることだろう。

僕にはどうやっても無理な気がするけれど、その前のめりな姿勢は素敵だと思う。

基本的に失敗を恐れてばかりいてなかなかチャレンジできない僕としては、見習いたいところだ。

ちなみにこの年はおじさんは絶対に当たりを倒すことができない射的をやっていた。

「へんっ！　今回の当たりは、どんな奇跡が起こっても倒れないように……ちくしょおおおおおおおおおおっっ!!」

僕が射的をやってみると、絶対に倒れないと豪語していた的はあっさりと倒れた。

景品は去年と同じ、祭りの振興券銀貨五枚分。

アイビーにも友達が欲しいかと思ったから亀掬いの屋台を探したんだけど、今年も誰も出店していないらしかった。

「みいっ！」

彼女はこれが欲しいと、フリーマーケットで出されているミサンガを元気に手で指した。

どうやら成人男性用だったらしく、彼女の腕にちょうどいいサイズだった。

「なんでもこいつが自然に切れると、願いが叶うらしいぜ」

アイビーはまだまだ成長期だから、案外すぐに切れるんじゃないかな。

そんな僕の予想は見事的中し、つけてから半年もしないうちに、アイビーの成長度合いに勝てずに、ミサンガは無惨に切れてしまった。

……この場合って、自然に切れたって言えるのかな？

三年が経った。

アイビーの背丈はとうとう僕を追い越し、横幅も大きくなったおかげで、僕がアイビーを見上げるようになっていた。

けれど彼女の成長は、まだまだ止まる気配を見せない。目を離している隙に成長しちゃうんじゃないかというほどすくすくと、アイビーは大きくなり続けている。

流石に僕の部屋で飼うのが手狭になってきてしまった。

というわけで、僕と父さんで慣れない木工業に勤しみ、空いていたスペースに手作りの小屋を建てた。

今ではこのちょっぴり……いやかなり素人感丸出しな小屋が、彼女のおうちだ。

度重なるチャレンジの末にとうとう僕の肩に乗るのを諦めたアイビーは、今度は僕のことを自分の背中に乗せたがるようになった。

僕も、もう十一歳になっている。別にゴリゴリマッチョとかじゃない中肉中背の体型だけど、そこそこの体重はあるはずだ。

けどアイビーと一緒にお散歩する時は、彼女は僕の重さなど苦にもせず、悠々と歩いていた。

僕の家は村の端の方で、家の裏口を真っ直ぐ進むと森に繋がっている。

森は僕とアイビーのお散歩スポットだ。

あまり深く進むと野生のイノシシや魔物が出てきたりするから、浅いところまでしか行ってはいけない。

母さんからは耳にタコができるほどに言われ続けているので、僕もアイビーもその言いつけを破ることはない。

最近の僕のマイブームは、アイビーの背中に横になって眠ること。

不思議なことに全然揺れない背中はまるでゆりかごみたいで、寝るのに最適なのだ。

下手すれば僕が使っている木のベッドよりも、寝心地は上かもしれない。

ちなみに今年は、あのおじさんがぼったくり屋台を出すことはなくなっていた。

どうやら所帯を持ったらしく、まっとうに農業で稼ぐように心を入れ替えたらしい。

臨時収入はなくなったけれど、僕もアイビーも全然惜しいとは思っていなかった。まっとうに暮らせるんなら、それが一番だもんね。

「みぃ……」

――最近、アイビーの元気がない。

その原因はわかっている。

そして僕も彼女と同様、どうにも気にしてしまうようになっていた。

最近、パパとママの様子が変なのだ。

僕を乗せられるほどに大きくなっても、まだまだ成長し続けているアイビーのことを、流石におかしく思っているらしかった。

どちらかといえばママの方がナイーブになっていて、それをパパがなだめているみたいだった。

たしかにアイビーは、普通の亀じゃないのかもしれない。

けど……大切なことを忘れてるよ、ママ。

アイビーは、アイビーじゃないか。

大きさは変わったかもしれないけれど、彼女はあの頃と変わらず、かわいくて頭のいい亀のままだよ。

「みー……」

アイビー、そんな顔しないで。

大丈夫だから、心配する必要なんてないよ。

だって君はあの時からずっと変わらず……僕の家族なんだから。

五年が経った。

アイビーの大きさはとうとう僕の家よりも大きくなった。

そして驚くべきことに、まだまだ彼女は成長中だ。一体どこまで大きくなるのか、ここまで来るともう想像がつかないレベルである。

彼女が成長すること自体はまったく問題ない。

問題はむしろ、そことは違う部分にあった。

「その化け物を処分しなさい、ブルーノ!!」

ここにきてとうとう、母さんの堪忍袋の緒が切れたのだ。

けれどその言葉は、流石に看過できなかった。

「化け物じゃない！　アイビーは家族だよ！」

母さん今、なんて言った!?

アイビーの……彼女のことを、化け物と呼ぶだなんて！

母さんのヒステリックな叫び声を聞いた僕は、負けじと怒鳴り声を上げた。

こんな風に怒りから声を荒げるのは、生まれて初めてのことだった。

彼女は……アイビーはたしかに普通の亀じゃない。

でももう何年も一緒に暮らしてきている、大切な大切な亀だ。

言葉がわかるアイビーは僕の話を聞いてくれるし、辛いことがあった時は一緒にいてくれる。

母さんや父さんには言えないことだって言えるアイビーは僕にとって、大切な家族だった。

アイビーは母さんの言葉を聞いて、泣きそうな顔になっている。

俯(うつむ)いてしょんぼりとしている彼女の瞳は、明らかに潤んでいて、今にも泣き出してしまいそうだった。

彼女の背丈は更に大きくなり、もう小屋にも収まらなくなってしまっている。

アイビーの居住スペースは既にうちにはなくなってしまい、今では森と家の間の獣道が彼女の寝床だった。

けれどどんどん成長して大きくなったって、彼女は僕が掬ったあの時から何一つ変わってはいない。

大きくなっても変わらず綺麗な、アイビーの身体を撫でる。相変わらずちょっとひんやりとしていて、気持ちがよかった。

彼女はきれい好きなので、普通の亀のような青臭い匂いもしない。どこかから花を摘んできたらしく、むしろいい匂いがふんわりと漂っている。

僕は再度視線を戻し、母さんの方を睨んだ。

「……な、何よ」

少しは悪いと思っているのか、母さんが少しだけバツの悪そうな顔をするのがわかった。そして決してアイビーの方は見ず、僕のことを見下ろしている。

僕は何も言わず、そのままくるりと振り返る。

「大丈夫だよ、アイビー……行こう」

「みぃ……」

今はきっと、母さんに何を言っても意味はないだろう。

そう思った僕はアイビーに乗り、獣道よりももっと奥……今まで行くなと言われていた森の中深くへと入ることにした。

「――ちょっと、ブルーノ！」

何か言いたげな母さんを背にして、僕らは森の中へと進む。

アイビーは僕の方に心配げな顔をする。どうやら自分がひどいことを言われた後でも、僕に気を遣ってくれているらしい。

「大丈夫だよ、アイビー。たとえ母さんが何を言ったとしても、僕は君の味方だから」

その一言でアイビーはとりあえず元気を取り戻したようだった。

森の深くまで進んでいくと、母さんが言っていた言葉が脅しでもなんでもないということがすぐにわかった。

「ブヒッ」

「う、うわあああああっっ!?」

目の前に現れたのは、見たこともないくらいに巨大なイノシシ。

牙がありえないくらいに長くそして凶悪にねじくれているから、もしかしたら魔物なのかもしれない。

「ブヒイィィィッッ!」

イノシシは僕達の存在に気付くと、ものすごい勢いで突進してきた。

(や、やられるっ!)

なんて馬鹿なことをしたんだと嘆いてももう遅い。なんとかして避けなくちゃと思っても身体は思い通りに動いてはくれず。僕にできたのは、ただ目をつむって祈ることだけだった。

衝撃……はやってこなかった。

おっかなびっくり目を開く。

「ぶ、ブヒィィ……」

するとそこには、僕を守るようにぐるりと囲んでいる謎の光の結界と、目を回して倒れているイノシシの姿があった。

「みーっ」

「もしかしてこれ……アイビーが？」

「みいっ！」

どうやらアイビーが出した結界が、僕を守ってくれたらしい。

これは魔法……になるのかな？

まさか魔法が使えるようになってるなんて！　アイビーはなんてすごい子なんだろう。

僕が思いっきり撫でると、上機嫌になるアイビー。身体は大きくなっても、やっぱり彼女はかわいかった。

家を出る決意を固めた僕はアイビーと一緒に夜を明かし、次の日になるとホームシックに駆られ、お家に戻った。

その時には母さんのヒステリーは収まっていた。どうやら父さんにこっぴどく叱られたらしい。

両親は二人で一緒にアイビーに謝り、アイビーはそれを許した。

これで前と同じように仲良く……なんてうまくはいかないわけで。

母さんとアイビーとの間には、なんとなく気まずい空気が流れるようになった。

僕と父さんが一緒になって母さんとアイビーの仲を取り持たなければ、結構危なかったように思える。

少しずつ時間をかけることで仲直りには成功したんだけれど、結局それからはアイビーは森の奥深くで暮らすようになってしまった。どうやら今回の一連の出来事に何か思うところがあったみたいだ。

それに最近、アイビーが大きくなりすぎて村の皆が怯えているような気がする。

母さんみたくどこかで、暴発しないといいんだけど……。

六年が経った。

冒険者、と呼ばれる危険生物の討伐請負人達がアイビーを殺すためにやってきた。

どうやらアイビーのことを危険視した村人の何人かが、呼び出したらしい。

僕がそれを知ったのは、村の奴らに今頃あの化け物は死んでるよと嘲笑されたからだった。

直後、森の奥で叫び声のような甲高い音が聞こえてきた。

僕は急いで森の中を駆けていく。

元々住んでいた魔物や動物達をアイビーが倒すことで、少なくとも僕の家からアイビーが住んでいるところまでの道のりに魔物が出ることはない。

道中ハプニングが起こることもなくたどり着くと、そこには。

アイビー……ではなく、彼女を討伐するためにやってきた冒険者達が倒れていた。

「うぅん……」

「きゅぅ……」

「むにゃむにゃ……」

どうやら気絶しているらしい冒険者の数は合わせて四人。

白衣を着たひょろっとした男性が一人に、女性が二人、そして物騒な大剣を背負った男が一人だ。

彼らの様子を観察するが、傷らしい傷はついていない。

「みぃ……」

「手加減をしてくれたんだね……ありがとう、アイビー」

そして倒れた冒険者の向こう側には、申し訳なさそうな顔をして身体を縮こまらせているアイビーの姿がある。

冒険者の人達がしっかりと呼吸をしていることを確認してから、どうすべきか考える。

このまま彼らを殺してしまうのはダメだ。

アイビーが危険な化け物と思われてしまえば、今度は本当に殺されてしまうかもしれない。

恐らくそれをわかった上で、アイビーも彼らを気絶させるにとどめたはずだ。

だからといってこのまま放置するのもよくない。

森で暮らす動物達にやられてしまえばそれをアイビーのせいにされてしまうかもしれないし、迎撃を受けたと彼らが証言すれば、次はもっと強い冒険者の人達がやってきてしまうかもしれない。

僕もアイビーも、ただ普通に暮らして毎日お昼寝ができるような暮らしができればそれで満足なんだ。

だというのにどうして誰も彼も、アイビーのことを放っておいてくれないんだろう。

「とりあえず……看病しよっか」

アイビーの背に倒れた四人の冒険者達を乗せて、彼女と一緒にうちへと帰る。

「おおブルーノ、それにアイビーも」

「うちに来るのはずいぶん久しぶり……って、アイビーの背中に何か……」

家に帰ってからすぐ、母さんと父さんに事情を説明する。

二人は快諾し、四人を家に入れて看病することになった。

ちなみに最近、母さんはアイビーのことをまた名前で呼んでくれるようになった。

たまに僕と一緒に、背中に乗って散歩に出かけたりすることもあるんだ。

今はもう、アイビーの背中は冒険者の四人を乗せても余裕があるくらいに大きくなっている。

母さんがアイビーと仲直りしてくれて、本当に良かった。

家族の仲がいいに、越したことはないもんね。

「ん、ここは……？」

「あれ、俺達、どうして……？」

その日の夜、冒険者の四人組が目を覚ました。

事情の説明を求めてきた彼らに、僕は真摯に対応するよう心がけた。彼らの報告次第でアイビーの扱いは大きく変わるはずだから。

僕は彼らに聞かれたことには、どんなことにもしっかりと答えた。

縁日の屋台でアイビーを掬ったことから、どんな風にアイビーが育ってきたかという成長記録まで、つぶさに説明をした。

彼女の好物が葉野菜で、嫌いな物は肉だということも教えたら、彼らはびっくりしていた。

僕からすれば逆にびっくりだ。何をそんなに驚くことがあるんだろう？

きょとんとしていると、白衣を着ている男の人が教えてくれた。

なんでもアイビーのような大きな亀型の魔物というのは基本的には肉食で、凶暴なことが多いらしい。

「ギガタートルやジャンボマグマタートルなどが良い例ですね。彼らは一度人の味を覚えたら最後、村や街の周辺に出没し人を襲い続けることが多い」

出される喩え（たと）はまったくわからなかったけれど、男の人の話はわかりやすく、するすると頭の中に入ってきた。

どうやら冒険者の人達も、目撃者からの情報提供から色々と推察した結果、事態を重く見たらしい。

討伐依頼を受け、三等級――つまりは冒険者の中でもベテランに分類される人達――がやってきたということらしい。

草食でこれほど大きな亀は見たことがないと、四人は口を揃えて言っていた。

実はアイビーは草食ではなくて雑食で、食べろと言われれば一応肉も食べられるのだが、そのことは黙っておいた。

世の中、言わない方がいいことだってある。

「ああ、申し遅れました。私はゼニファーと申します。冒険者もやってますが、本業は魔物学者でしてな」

どうやらこの冒険者の四人組はゼニファーさんとその助手で構成されているらしい。

そして彼は魔物学の研究で、そこそこ有名な学者さんらしい。

だから僕は気になっていることを聞いてみた。

「アイビー……亀の成長がなかなか止まらないんですけど、これってやっぱりおかしいんでしょうか？」

僕なりに調べてはみたが、成長し続ける亀など身の回りにはいなかった。

けれど学者さんをしているゼニファーさんなら、そういう種にも心当たりがあるだろうかもしれない。

「おかしい、というか普通ではないですね。それにそもそもの話をするとこの子……アイビーはただの亀じゃありません、まず間違いなく亀型魔物です」

アイビーは恐らく新種の魔物だろうとゼニファーさんは言う。

どんどん大きくなったり、魔法まで使えたりと普通じゃないとは思っていたけど……まさか魔物だったなんて！

僕が仰天して言葉を失っていると、ゼニファーさんは怒濤の勢いで話し始めた。

通常、亀型魔物というのはそこまでサイズが変わらない。

今のアイビーよりも大きな亀もいるらしいが、そういう種は元からサイズが大きく産まれてくることがほとんど。

アイビーみたく最初は他の子亀くらいの大きさで、数年かけて大きくなるような魔物の前例はないと彼は力説していた。

僕にはわからないけれど、その興奮具合から考えるとなかなかなレアケースのようだ。

「王立の研究所に出せば恐らく一生遊んで困らないくらいのお金が手に入りますよ？　よければ私が口利きをしてもいいですが……」

その言葉を聞いて、アイビーがギョッとするのがわかった。

「おいおい、人の言葉までわかるのか」

「となると二等級くらいはあるかしら？　……殺されなくて助かったわね」

そしてそんなアイビーの様子を見て、彼女が人間の言葉を理解するとわかり、四人が更にギョッとするのもわかった。

僕は彼女の不安を和らげるために、優しく撫でてあげる。

そんなに心配しなくていいよ、アイビー。

大金と引き換えに家族を引き渡すなんて馬鹿な真似を、僕がするとでも？

「お断りします、彼女は僕の家族ですから」

「ふむぅ……仕方ないでしょうな。あなたとアイビーを見ていれば頷ける話だ。……ただ、私達は元々魔物に詳しいし、こうして実際に命を奪われずに、飼い主であるあなたと面と向かって話をしてようやく、危険がないとわかりましたが、聞いたことをそのまま冒険者ギルドに報告しても、それが正面から受け取られるとは限らないでしょうな」

場合によっては本当にアイビーを殺すために、冒険者達が大挙してくる可能性もなくはないらしい。

ゼニファーさんの言葉を聞いて、僕はどうすればいいのかわからなかった。

一体どうすれば、アイビーは普通に生活することができるのだろう。

それは僕とアイビーがずっと前から抱き続けていた悩みだった。

魔物には好戦的なやつらが多いみたいだけど、アイビーは戦うことは全然好きじゃない。

どちらかと言えば温厚で、彼女が一番好きなことはずっと昔から変わらず、僕と一緒にひなたぼっこをして寝ることだ。

だというのに世の中というのは、アイビーが普通ではないというだけで、彼女をそのままではいさせてくれない。

こうして実際にことが起きるまでわからなかったけれど。

実は僕らは、かなり危険な状態だったのかもしれない。

このままでは、いつか取り返しのつかないことになってしまうかも。

少し考えて、ゾッとした。そんなのは嫌だ。

僕はまだまだ、アイビーと一緒に暮らしていたい。彼女と一緒に生きていきたい。

だから僕は頭を下げて、ゼニファーさんに頼み込むことにした。

「アイビーが普通の暮らしができるように、何かしてもらうことはできないでしょうか。僕達にできることなら、なんでもします」

戦うのが好きではないだけで、アイビーは実は強い。

森に住んでいるイノシシの魔物だって一瞬でやっつけちゃうし、冬眠から起きた凶暴な熊もその足で潰してしまう。

身体を軽くしたりもできるし、最近はどういうわけか口から火や水を吐けるようにもなった。

そういう、荒事を解決するための魔物として、アイビーが生活をすることはできないだろうか。

そう、それこそ……アイビーが冒険者になるような形で。

ゼニファーさんは僕の言葉を聞いて笑った。

「それならブルーノ君、君が冒険者になればよろしい。君を従魔師（テイマー）として、アイビーを従魔として登録してしまえば、危険生物扱いはされなくなりますよ」

無論この大きさですし、街の行き来は制限されるでしょうが、と彼は続ける。

冒険者になって、アイビーと一緒に色々なことをやっていく。

ゼニファーさんのその言葉は、まだ将来何をするか決まっていなかった僕の未来予想図にピンを刺してくれた。まるで最初からそうするつもりだったかのように、僕とアイビーが冒険者になっている未来が頭の中でカチリと嵌まる。

けれど僕はまだ未成年で、冒険者登録をするまでには時間がかかる。

それまでに再度アイビーの討伐依頼が出されぬように、ゼニファーさんに便宜を図ってもらうようお願いした。

ゼニファーさんは労苦を惜しまず、将来冒険者になった時にアイビーを連れることができるよう、色々と手を打ってくれた。

一度ゼニファーさんが勤めている研究室へ行ってアイビーを新種の魔物として登録してもらったり。

とりあえずはゼニファーさんの従魔として登録し、僕が成人になった段階で僕に譲ってもらう契約書を用意してもらったり。

本当に彼には苦労をかけてしまった。

僕はお金がほとんどなかったので、何で代償を支払えばいいか不安だったが、ゼニファーさんは、

「新種の魔物――アイビーの種族であるギガントアイビータートルの学術名に、私の名前を入れさせてもらえればそれで結構です」

と言ってくれた。

そんなものでいいのか、と思いながら了承した僕はその二年後に、アイビーの種族の学術名がゼニファー＝ゼニファー＝ゼニファーになっていることを知る。

ゼニファーさんは結構、自己顕示欲の強い人だった。

それからも、結構色んなドタバタがあった――。
でも僕は今、こうして無事に成人である十五歳になることができた。
「みー」
そして僕を乗せているアイビーも、元気に鳴いている。

彼女はまだまだ成長中で、つい先日家をぺしゃんこにできるサイズにまでなった。ちなみにまだ成長限界は来ていない。

もう永遠に、大きくなり続けるのかもしれないね……なんて、これは流石に冗談。

僕は今、旅装をしてアイビーの背に乗っている。

今日は僕の誕生日。

つまり僕が冒険者になり、従魔師としてやっていくことになる記念すべき日でもある、ということだ。

「父さん、母さん、行ってきます！」

「元気でなー！」

「手紙書くのよー！」

アイビーの背から、麦の粒のように小さく見える父さんと母さんに手を振る。

あれからもどんどん大きくなったが、母さんはアイビーを以前のように化け物と呼ぶことはなくなった。

二人とも僕達の門出を祝ってくれている。

僕は父さんと母さんが見えなくなるまで、手を振り続けた。

実はアイビーは既に、自分のサイズを変化させることができる。

でも姿を村の皆に見せつけるという意味合いもあって、わざわざ本来の大きさに戻って歩いているのだ。

アイビーを冒険者達に殺させようとした前科があるし、彼らをビビらせておくくらいのことはしても許されると思う。

そんな風に内心で舌を出しながら、歩いていく。

アイビーの巨体で街頭を歩くとまず間違いなく騒ぎになるので、森を抜けて遠回りをしていく。

前に大騒ぎになったことがあるけど、あんなのはもう勘弁だからね。

ちょっと面倒だけど……そればっかりは我慢だ。

これからは二人で、頑張っていかなくちゃいけない。

せめて父さんと母さんには、迷惑をかけないようにしなくちゃね。

「頑張ろうね、アイビー」

「みー」

アイビーは『私も頑張る！』と、いつもよりちょっと高めの声で鳴いてくれた。

どうやら彼女も、やる気は十分みたいだ。

のっしのっしと歩いているのに、揺れはほとんどない。

彼女の背中は、いつだって快適なままだった。

さぁ、ここから僕達の冒険者生活を、始めていこう――。

That turtle,
the storongest on earth

第一章

新人従魔師（テイマー）ブルーノ

「ふぅむ、何度見ても信じられない。これがあのアイビーだとは……」

僕達は村を出てかれこれ一ヶ月ほど時間をかけて、王国の首都であるナスファまでやって来ていた。

首都にパイプを持っているらしいゼニファーさんの力を最大限利用するためでもある。

僕達は一度ゼニファーさんに会い、ギルドで従魔の所有権の変更に関する契約を終え、今はお家にお邪魔させてもらっている。

「みぃー」

今僕の肩には、僕が掬った時くらいのサイズにまで縮んでいるアイビーが乗っている。

肩に乗れているからか、心なしか鳴き声からも満足してそうな感じが出ている。

アイビーの、僕の肩に乗ろうという執念は、なかなかに凄まじかったようで。大体今から一年位前に、ようやく実を結んだのである。

──なんと彼女は僕が知らないうちに、自分の身体を小さく縮めることができるようになっていたのだ！

サイズ変更は、割と自由自在で融通が利くみたい。

大型犬くらいの大きさにも、元のサイズより一回り小さいお家サイズにもなれて、今のアイビーは変幻自在に体長を変えられるのである。

僕はとりあえず、アイビーのこの力を収縮と呼んでいた。

どうやら長期間小さくなっていると疲れるみたいだけど、数週間程度なら問題なく使用ができる。さすがに王都にあのサイズで直接乗り込むとどうなるかわかったものではないので、この力が使えるようになってくれたのは本当にありがたい。

以前最初に従魔登録をするために近くの街に行った時、そりゃもうてんやわんやの大騒ぎになったからね……あれは軽いトラウマだ。僕にとって、そして何よりアイビーにとって。

「ところでブルーノ君、君はもう冒険者として活動する場所を決めていますか？」

「……一応、候補を絞ってるくらいですけど」

とりあえず正式な従魔の契約も行ったので、あとは冒険者になりさえすれば、アイビーが捕獲されたりすることもなくなるはず。

ただ僕は実際にアイビーとこれからも一緒にいたいという思いから職を選んだだけで、具体的なビジョンがあったりするわけではない。

冒険者についてだって、基本的な情報しか持っていない。

アイビーを討伐するためにやってきたように魔物や危険生物の討伐や、ダンジョンと呼ばれる危険な迷宮を踏破したりする目立つ冒険者というのは実際には一握りで。実際のところは薬草の採集や商隊の護衛任務みたいな地味な仕事が多い、案外華のない仕事。

僕が知っている知識なんか、これくらいのものだ。

「やっぱり地方都市の方がいいのかなぁ、とは思っています。暮らしていくんなら、王都が一番環境が整ってるとは思っているんですけど」

アイビーと僕に危険が及ばないような活動場所は、一応いくつか選定している。

活動自体は……彼女と一緒に人助けでもできたらなぁ、とざっくりとしか考えてないけど。

「まあそうなりますよね。……いいですか、ブルーノ君。君には今二つの選択肢があります。まず一つ目は王都で冒険者をやること。アイビーが縮むことができるのなら迷宮にだって入れるだろうし、色々な依頼も問題なくこなせるでしょう。アイビーがどれくらい強いのかはわかりませんが……多分、というか間違いなく、私達がやられた時より強くなってるでしょう？」

「はい、そうだと思います……多分」

アイビーはどんどん大きくなってる。

それに関しては間違いないんだけど、強さに関しては、実は未だによくわかってないんだよね。

そりゃあ僕がそういう強さ的なことに疎いというのもあるけどさ。

そもそも村で戦うことなんかほとんどないし……出てくるイノシシとかは最初に森に入った時から倒せてた。だから目で見て前より明らかに強くなったなってわかる機会がほとんどないのだ。

ただ口から雷とかも吐くようになったし、結界みたいなのも前よりずっと固くなっているし、傷とかも治せるようになったし、最近は遠くからでも僕の声が聞こえるようになったりもしている。

だから多分、色々と強くなってはいると思うんだ。

そのあたりは実際に冒険者としてやってみないと、わからないけど。

「ただずっと王都にいると問題も生じます。王都には目や鼻の利く人間が多い。アイビーが狙われたり、間接的にブルーノ君が襲われたりする危険性があるのです」

アイビーは亀型魔物としては、とても珍しい。

アイビーの種はギガントアイビータートルっていう長い種族名になったんだけど、そもそも彼女以外にこの魔物の目撃情報はない。

色々調べてもらったりもしたけど、アイビーの同族は少なくとも国内や国交のある国にはいないらしいのだ。

そんな稀少な魔物を、僕みたいな別にすごくもない冒険者が従魔にしている。

となれば殺して奪い取ってしまおう、くらいのことを考える奴の一人や二人は出てくるかもしれない。

王都はたしかに華やかな場所だけれど、光がある分影も大きくなる。

ゼニファーさんがしてくれた忠告は、ずしんと胸を重くさせた。

「ですので私としては二つ目の選択肢、どこか王都から外れており、かつ、ある程度名の通った貴族の治める地方へ行くという方をおすすめしますね。どんな風に動くにせよ、そちらの方が色々とやりやすいでしょう。そこで貴族に認められ保護下に入れば、そう簡単にブルーノ君達が狙われることもなくなるはずです」

一応僕の考えも、この二つ目に近かった。

どこか郊外の街で、誰かの庇護下に入って、僕とアイビーが平和に暮らせるような場所に行きたいって思ってたんだ。

ずっとちっちゃくなるのはアイビーが疲れるみたいだから、地価の安い空き地でも借りて、アイビーを元の姿で休ませてあげたいし。

人づてに聞いたことはあるけれど、僕は実際に遠出をしたことはほとんどない。

なので候補として考えている街の名前を、ゼニファーさんに言ってみる。

彼は話を聞いてうむむと唸ってから、こう言った。

「それなら……アクープが一番いいですね。エンドルド辺境伯の本邸がある、風光明媚な土地です。西には魔物の湧く森があって、冒険者としての仕事には事欠かないでしょう。若干治安は悪いですが、君とアイビーならなんとかなるでしょうし」

アクープの街は、王都からだと結構な距離がある。

僕の候補としては下から数えた方が早い街だ。

馬車で半月以上かかるし、そんなにずっと馬車代と食費を出せるほどの蓄えが、僕にはないのだ。

「いや、あそこの辺境伯は非常に愉快な方でしてね。開拓民の血がそうさせるのか、とにかく新しい物好きで実力主義なのですよ。非常に強権的なので、アイビーが気に入られれば色々と諸問題が解決すると思います」

お金がないですと正直に話すと、

「私の馬車を御者とセットで貸しましょう」

とゼニファーさんが言ってくれた。

「……何で返せばいいですか？」

とおそるおそる聞くと、今度アイビーの甲羅をちょっとでいいので削らせてくださいと言われた。

「それはちょっと……」

「みぃ」

僕は断ろうとしたけれど、それを遮ったのは他ならぬアイビー本人だった。

彼女には迷惑をかけっぱなしである。

その分これから、アイビーがしっかりと暮らせるように頑張らないと。

僕は気持ちを新たにして、ゼニファーさんに馬車をチャーターしてもらうことにした。

こうして僕達が冒険者としてやっていくのは、アクープの街に決定したのだった。

アクープの街は魔物の侵入に備える形で、周囲を高い城壁に囲まれている。
城塞都市と呼ばれるタイプの街で、どんなところから魔物や侵入者がやって来ても対応ができるようになっているらしい。

　僕二人分くらいの高さはあるけど、アイビーだったらちょっと踏ん張れば乗り越えられそうな高さだ。

「それじゃあ次の人……それは、ペットか何かか？」

　ゼニファーさんが別れる前にしてくれた説明を思い出していると、どうやら僕の番が回ってきたみたいだった。

　衛兵さんは長い槍を器用に動かして、手乗りサイズのアイビーの方を指している。

　いきなり等身大で来たらまず間違いなく騒がれるから最小サイズにしてたんだけど、それでも興味を引かれたみたいだった。

「僕の従魔です。ほら、腕輪がついてますよね」

「ふむ、そうか……亀の魔物にしては、随分小さいな」

　従魔であることを示すため、従魔師（テイマー）が引き連れる魔物は、身体のどこかに従魔証明のためのリングを着けなくてはいけない。

　アイビーはサイズも変わるので、サイズ別のリングが四パターンほどあったりする。

　今は一番小さなリングを手につけている形だ。

　ちなみにアイビーはおしゃれにも余念がないらしく、よく見るとリングがちょっと削られてスタイリッシュな感じになっているのがわかる。綺麗なシュッとした細長い花の柄が彫り込まれている。

　もしかしたらこういう小物とか、好きなのかもしれない。

今度何か、プレゼントあげようかな。

(でも小さすぎてもダメなんだ……塩梅が難しいなぁ)

衛兵さんには、魔物として小さすぎたせいで、逆に興味を引かれてしまったらしい。

大きすぎてもダメだし小さすぎてもダメ……なかなか加減するのが難しい。

どのくらいのサイズが一番いいんだろうか。

従魔師が従える亀のサイズを、後で教えてもらう必要があるかもしれない。

「従魔が器物損壊等の犯罪を犯した場合、飼い主である君も同時に処罰されるので、気を付けるように」

「はい」

従魔と従魔師というのは一心同体。

従魔がしたことの責任はそのまま従魔師に返ってくる。

そのため従魔師が従える魔物っていうのは、絶対に暴れないと言い切れるほどに気持ちが通じ合っているものらしい。

彼らはお互いの魔力の線を繋ぎ合わせ、なんとかっていう魔法を使ってお互いの気持ちを通じさせるらしいけど……僕とアイビーにはそんなものは必要ない。

気持ちは既に通じ合ってるからね。

「みぃ」

ほら、僕とアイビーは家族だもの。

「まぁその大きさなら、大して気にする必要はないだろう。そいつが果物なんかをかじったら、全部買い取るようにな」

「みっ！」

心外だったのか『そんなに意地汚くないもん！』って感じでアイビーが鳴いた。

「どうどう落ち着いて……わかりました、忠告ありがとうございます」

アイビーをなだめながら適当に相槌を返し、街の中へと入っていく。

衛兵さんは本当の大きさを知ったら、どんな風に思うんだろう。

もしかしたら目玉が飛び出ちゃうんじゃないかな。

街に無事に入れたので、まずは冒険者ギルドへ行ってみることにした。
ギルドの中の雰囲気とか、この職場（でいいのかな？）でやっていけるか、とか確認しなくちゃいけないもんね。
冒険者としての登録自体は、既にゼニファーさんと一緒に済ませている。
冒険者には等級というものがあって、一番上は一等級、一番下は六等級という風に決められている。

僕はまだ冒険者になったばかりだというのに、五等級からのスタートだ。

どうやらゼニファーさんは冒険者ギルドにも顔が利くらしく、コネでワンランク上からのスタートを切ることができてしまったのである。

彼がそこまで心を砕いてくれたのは、従魔師として登録することができるのが五等級以上から、という冒険者ギルドのルールがあるからである。

僕はなんの変哲もない普通の人間なので、アイビーなしじゃ六等級から昇格するまでにどれくらいの時間がかかったかわかったもんじゃない。

だからわざわざ手間をかけて、どうやらかなり色々と方々にまで手を回して等級を上げてくれたみたいだった。

本当に彼には頭が上がらない。

持つべきものはコネを持っている魔物学者……ということなのかもしれない。

「こんにちはー……」

重たいギルドのドアをそうっと開き、ゆっくりと顔を出す。

まずは挨拶からと思い頑張って出した僕の声は、一瞬でかき消された。

「はぁ!?　どっから見たってこのマレー草の鮮度は完璧だろうが！　なんで依頼額が八割なんだよ！」

「マレー草の育つ土壌は複雑な栄養素に満ちた場所だけです。草の根を傷つけないように持ち運ぶだけでは栄養を吸い取れず、若干効能が落ちてしまうんですよ」

入り口から入ってすぐのところにあるカウンターでは、受付の女の人と冒険者の人達が何やら言い争っている。どうやらもらえる金額に文句があるようだけど、ギルドの人も一歩も譲らずにやり合っていた。

「おい、魔法使いはいないか？　ブンド鳥を狩りに行く、取り分は頭割りだ」

「乗った！　いやぁ、今月厳しかったからねぇ。助かる助かる」

手を挙げたローブ姿の男の人は、すごい勢いでご飯を掻き込んでから冒険者の一行の下へと走っていく。どうやら即席のパーティーができてしまったらしい。

少し遠くには、椅子とテーブルが並べられている。そこではぐでーっと自堕落にしている先輩冒険者達の姿もあった。

作戦についての話し合いをしている人達もいて、方々から話し声が聞こえてくる。

朝早くだというのに、活気が凄い。

それになんだか……変な匂いがする。

香水や体臭、汗臭さなんかが混じった息の詰まるような匂いだ。

これが冒険者の香り、というやつなんだろうか。

「みぃ……」

綺麗好きなアイビーには、どうやらこの匂いがお気に召さなかったようだ。

鳴き声にも、いつものような元気がない。

ちなみに彼女には、肩ではなく僕が持っているポシェットの中に入ってもらっている。

どんな難癖をつけられるかわからないから、とりあえず皆から見えないようにしたのだ。

冒険者の先輩方は、僕が入ったことになど気付いておらず、今日どの依頼を受けるか、依頼の条件がどうこうだなんて話を、口角泡を飛ばしながら行っている。

このはちゃめちゃな様子を見る限りは、わざわざアイビーを隠す意味はなかったかもしれない。

「みー」

慰めるようなアイビーの声に、ポシェットを軽く叩いて応える。

落ち込んでないよ、大丈夫大丈夫。

でも冒険者の人達も、朝からこんなに大声出さなくちゃいけないなんて大変そうだ。

周りの声がうるさいから、自分達も声を張らないといけないんだろうなぁ。

外に出て話をすればいいと思うんだけど、朝早くにギルドの中でしなくちゃいけない理由があるんだろうか。

少し膨らんだ胸ポケットに触れる。

そこには、ゼニファーさんが領主様とギルドマスターに宛てて書いた手紙が入っていた。

どうやら僕のことを気に留めるように書いてくれているらしいが、中身は見ていない。

コネでランクが上がった僕への配慮らしいが……いきなり偉い人と関わったりすれば、間違いなく目立つ。

……でもアイビーのことを考えれば、どうせいつかは誰かの下に入らなくちゃいけない。

動くなら、早いに越したことはないはずだ。

とりあえずはこれを、ギルドマスターさんに渡さないといけない。

テーブルの並ぶ空間の右側には受付があり、左側には買い取りカウンターがあった。

受付は案外と空いていた。

僕の前に居たのも二人ぐらいで、大して時間もかかっていなかったみたいだし。

皆受ける前に話をするから、何を受けるか決めてからはスムーズに話が進むってことなんだと思う。

「どうぞー」

受付の人は女性だった。

胸の辺りにわかりやすい文字で、ムースと書かれている。

ムースさんね、覚えておこう。

ピンク色に染められた、なんだか角張ってるように見える服を着ている。

横の女の人も同じ服を着てるから、これがギルド職員の正式コスチュームなのかもしれない。

人当たりの良さそうな人だ。

可愛らしい印象の人で、将来お嫁さんにしたいランキングとかがあるとするなら、上位に食い込めそうな感じ。

「これをギルドマスターさんに渡しておいてもらえますか？」

懐に収めていた手紙を受け取り、裏の封蠟を見て、彼女が少しだけ眉を動かした。

その封蠟はゼニファーさんからの手紙ってことを示すものらしいけど……ギルド職員さんも、彼のことを知ってるんだろうか。

——別に聞いて困るわけでもないし、聞いちゃえばいっか。

「ゼニファーさんを知ってるんですか？」

「ええ、もちろん。恐らく国の中でこの街が一番、彼の恩恵に与（あずか）っている場所ですので。すみませんシンディ、私ギルマスのところに行ってくるので対応お願いします」

「オッケー！　はいはーい、二列になってるとこ悪いけど一列に組み直してねー。私んとこ並んでた方が前で、ムースの方が後ろ」

「おいおいそりゃないぜ、こっちを前にしてくれよ」

「うっさいわね、依頼料減額するわよ」

「ご、ごめんなさい……」

冒険者相手に一歩も引かないシンディさんを尻目に、ムースさんは手紙を持って、どこかへ消えてしまった。

金髪が綺麗なシンディさんに、こっちで待っててねと受付横の椅子に座らされる僕。

ぽかんとしている僕の頭の中にフフフと笑う、自己顕示欲の強い魔物学者の姿が浮かび上がっていた。

「みー」

アイビーが鳴いている。

何かあったら私が守るから、そう言われている気がした。

なんだか大事になっちゃった気がするけど……色々と手間が省けたって、プラスに考えることにしよっと。

「み！」

それでいいのだ、とアイビー。

……ありがとう。

君のおかげで、少しだけ自信が出てきた気がするよ。


「で、そいつが書いてあったゼニファー×３って奴なのか」

なんだかすごい略し方をするのは、つるりとした頭部に厳つい顔をくっつけた、四十代くらいのムキムキのおじさんだ。

彼はアンドレさん――このアクープの街の冒険者ギルドのギルドマスターをしている人である。

僕はやってきて初日のうちに、何故かギルマスと直接相対することになっていた。

「はい、アイビーって言います」

ここはギルドにある応接室。

ムースさんに言われるがまま部屋に入ってみると、いきなり中にいた恐そうな人に声をかけられたのだ。

そしてそれはなんと、ギルドマスターという超偉い人だった。

僕は不興を買わないよう気をつけて、ビクビクしながらソファーの上に座っている。

「これが新種の魔物ねぇ、ふぅむ……」

アンドレさんはポシェットの中から飛び出し、肩の上に乗ったアイビーをまじまじと観察している。

やはり魔物討伐を主な依頼として請け負う冒険者ギルドの長、魔物に対しては並々ならぬ興味があるようだ。

「みー！」

「おおっ、鳴くのか！　……なんかちょっと、和むな」

元気に挨拶をするアイビーを見て、恐かった顔が少し優しくなった気がする。

それはアイビーのかわいさが、ギルドマスターにまで通じた、歴史的な瞬間だった。

「で、俺とあのバカ辺境伯にお前らの面倒見て欲しいってことでいいのか？」

「あー、多分そういうことだと……思います？」

「なんで疑問形なんだよ」

「ほら、アイビーもしゃっきりしろって言ってるぞ」

「みぃー」

庇護下に入れてもらうために、彼らの歓心を買うのがいいでしょう。

ゼニファーさんからはそんなざっくりとした説明しか聞いていていない。

正直に話すと、ギルマスはなるほどと頷いていた。

「ふむ……手紙にはな、とりあえずアイビーは自分が見つけた新種の亀型魔物で、激レアだから飼い主のブルーノごと面倒見てくれって書いてあるんだよ。とりあえず庇護下に入れとけば、後で絶対役に立つからって。……これだけで理解しろっていう方が無理だろ？　ぶっちゃけ俺もあんまよくわかってねぇんだわ。あいつはいっつも説明が足りん」

不満げに言うアンドレさん。

その態度から、なんとなくゼニファーさんとは仲が良さそうな感じがした。

ギルドマスターの態度に、友人に対する気安さみたいなものを感じる。

「あいつにも手紙出すって言ってたが……つまりはお前らはゼニファーからそんだけ期待されてる

ってことだよ。俺達に期待していいぜって言ってるわけだから」

「なるほど……」

そこまで期待されているのは、いったい何が原因なんだろう。

アイビーはたしかに強いし頭がいいけれど、そんなに他の魔物と違うのだろうか。

よくわからないけど……ゼニファーさんなりの発破みたいなものなのかな。

自分も骨を折ったんだから、お前らも頑張れよ。

結果さえ出せれば安心と安全が手に入るんだから……的な。

――だとしたら頑張らなくっちゃね。

アイビー、荒事は任せたよ。

僕は僕にできることをやるからさ。交渉とか、衣食住を揃えたりとか、地味なことばっかりだけど……一歩ずつ、地道にやっていきたいところである。

「みぃー」

お互い頑張ろう、そう激励してくれている気がした。

「ふぅん、意思疎通はできてるんだな……見たところ従魔術も使ってないみたいだが」

アンドレさんがつるりとした頭を撫でる。

従魔術ってなんだっけと思ったけど、すぐに従魔師（テイマー）の人間が使う、魔物を手なずけるための魔法のことだと思い出す。テイムと呼ぶ人も多いらしい。

自分の魔力を魔物に馴染ませて、暴れないようにしたり、親和性を上げたりするんだっけ。

ゼニファーさんに教えてもらったはずだけど、すっかり忘れてた。

知識をなんとかして頭の中から引っ張り出すのに、大分時間がかかっちゃったや。

「そういうのなくても、僕達は繋がってるので」

「みぃ！」

「ふむ……」

アンドレさんは何を思ったのか、革張りのソファーから立ち上がった。

見上げる形になってわかったけど、全身の筋肉量が尋常じゃない。

足も腕も筋肉が、まるで別の生き物みたいに動いている。

身長も僕より高い。

２メートルくらいはあるんじゃないだろうか。

彼はのっしのっしと歩いて行ったかと思うと、部屋を出ていってしまった。

「みー」

肩に乗ったアイビーは、やっぱりここが一番落ち着くと目を瞑って伏せの格好をした。

肝が据わってるなぁ。

僕とは大違いだ。

「なんのために出てったんだろう？」と首を傾げていた僕だけど、その答えはアンドレさんが数分ほどしてから部屋に戻ってくるとすぐにわかった。

意匠を凝らした兜まで着けたフル装備で、彼がガッシャンガッシャン音を立てて入って来たからだ。

全身に青色の金属鎧を纏っており、魔物の牙から作ったと思われる、禍々しい感じの大剣を背負っている。

彼はクイッと親指をドアの方に向け、笑った。

「とりあえず戦うぞ。役に立つかどうかは俺が自分の目で見て、手で受けて、五感で感じて決めさせてもらう。お前も俺に目ぇかけて欲しいんなら、それ相応の力を見せてみな」

戦いというものに縁遠い僕にも、彼が発している闘気のようなものがわかった。

一線を退いて書類仕事ばかりしているって言ってたけど……事務方が出していいオーラじゃないよ、絶対。

アイビー、向こうはやる気みたいだけど……大丈夫？

「みっ！」

『まっかせなさい！』とばかりにアイビーは自信たっぷりな様子だ。

——彼女がやる気なら、僕は信じなくちゃね。

「はい、よろしくお願いします」

僕はにやりと笑うアンドレさんの後に続いて、ギルドに併設されている闘技場へ向かうことになった。

　こうして僕達が村を出て初めての戦闘は、ギルドマスターとの直接対決になってしまうのだった……。

◆

　やってきた闘技場には、人はまばらだった。

　先輩冒険者の方々は、入ってきた僕らの方をちらちらと見ている。

　見られながらひそひそ話もされているので、どうにも落ち着かない。

　その特徴的な鎧からやってきたのがアンドレさんだということはすぐにわかってしまい。

　まったく嬉しくないことに、これからギルドマスターが戦うらしいと皆が言い出したことで、ちょっとした騒ぎになってしまった。

　そうなれば相手はどこのどいつだという話になり、それは間違いなく隣にいる、肩に亀を乗せた謎の新入り(ニュービー)だろうということになり。

　準備を整えているうちに、闘技場にドバッと人が流れ込んできた。

　気付けば僕らは、たくさんの観客に囲まれてしまっていた。

　……なんだか全体的ににぎやかだ。

街の様子を詳しく見てはいないけど、きっと皆お祭りとか縁日とかが大好きな人達なんだと思う。

「はいはーい、トトカルチョ締め切るよー」

「亀坊主は……倍率百五十倍!?　こんなん全財産ぶち込むしかねぇだろうが！」

「お前……正気か？」

僕達が向かい合っている脇では、僕とアンドレさんのどっちが勝つかという賭けまで始まっていった。

だが勝敗だと賭けが成立しなそうなので、どうやら僕がアンドレさん相手に何分もつかというのが賭けの対象になっているみたいだ。

勝手な話だが、まぁそんなもんだよなぁとも思う。

そもそも僕は、実際に戦闘をした経験がない。

熊とかイノシシはいっつもアイビーが倒しちゃっていたし、魔物と戦ったこともまったくない。

当然ながら人とまともに戦った事もないため、僕の実戦経験は驚きのゼロなのである。

でも家の裏手にあった森で、アイビーと一緒に訓練はやってきた。

だからたとえギルドマスターが相手だったとしても、何もできないうちに負けることはない……はずだ。

いけないいけないいけない、僕が弱気になっちゃダメじゃないか。

主に戦うのはアイビーだけど、僕だってそのパートナーとして隣に立つんだ。

僕とアイビーが、ギルドマスターに認められるために。

この街の人達に受け入れてもらい、平穏無事な生活を送るために。

勇気くらい、頑張って振り絞らないでどうする。

お前は男だろう、ブルーノ。

「シンディの合図で始めるからな。なぁに、五等級の力があるって示してくれりゃあそれでいいからよ」

ガハハと豪快に笑うアンドレさん。

アンドレさんは元二等級の冒険者。

以前はワイバーン討伐なんかにも参加していたという歴戦の猛者だ。

「胸をお借りします」

「おうともよ」

アンドレさんは鎧をつけていると思えないほど身軽に、屈伸をしたり伸びをしたりと準備運動をしている。

彼はすちゃっと僕の隣に立つと耳元で言った。

「こうやって俺と直に戦ったって事実が重要だからよ。あんまり気負わずやってみな」

「……っはいっ！」

「よし、いい返事だ」

距離を取り、アンドレさんは剣のグリップを確認していた。

彼と戦った、つまり目をかけられているという事実は、僕達の安寧に繋がるはずだ。

それだけのことをしてくれるのだから、こちらも全力でぶつからなくちゃ失礼というもの。

アイビーは色んなことができる。

でも今必要なのはきっと技の多彩さじゃなくて、強力な一撃だろう。

彼女が放てる今一番強い攻撃は……口から吐く雷撃だろうか?

魔法はどちらかというと手数で勝負する感じだし……前にゼニファーさん達を気絶させたみたいなやり方は、周囲の目も考えるとあまりいいことではないだろう。

「アイビー、思いっきりやっていいから」

「みー」

肩に乗っていたアイビーにそっと手を出すと、彼女は手のひらの上に乗った。

僕は彼女が回転しないように気を付けながら、振り子の要領でぽいっと投げる。

「みー」

「なっ……マジでデッカくなりやがった!?」

アイビーが大体生後三年頃の、僕を乗せられるくらいのサイズになる。

それを見てアンドレさんはかなり驚いてるみたいだ。

大きさを変えられる亀は、今のところアイビーだけみたいだからね。

どうだい凄いだろうと、少し誇らしい気分になってくる。

「す、すげぇ！　おい従魔師、ありゃなんだ!?　あんなの見たことねぇぞ!?」

「わ、私も見たことないです……大きさを変えられる魔物が、五等級で扱えるの……？」

周りにいる人達が、さっきまでよりもっと騒がしくなった。

その声に反応してお祭り好きの冒険者達が更にやってきて、闘技場のあまり多くない観客席は既にパンパン。とうとう立ち見まで出始めてしまった。

み、皆に見られてるってのは……緊張するな。

「よし、それじゃあ始めるわよ」

周囲の喧噪がひとまず小さくなったのを確認して、シンディさんがこちらとアンドレさんの方を交互に向く。

彼女は二人が頷くのを見てから、ニコリと笑い、周囲にウィンクを飛ばす。

気さくで人見知りをしないタイプなんだろう。

顔もかわいいし、モテるんだろうな。

「みー」

ほら、試合始まるわよとアイビー。

僕はキッと顔を引き締めなおす。

よし、かかってこい！

「三、二、一…………試合開始(インキビテ)！」

シンディさんが開始の合図を言い終えた瞬間、アンドレさんが背の大剣を引き抜きながら真っ直ぐこちらへ向かってくる。

は、速いっ！

ただ走ってるだけじゃない、魔法か何かを使って加速してないとこの速度は出ないはずだ。

狙いは……当然ながら僕の方！

従魔師と戦う時は、従魔じゃなくて本人を叩くというのは対人戦においては当たり前のこと。

基本的に人間の方が魔物よりひ弱だから、弱いところから叩いた方がいいからね。

それに従魔師が倒されたら、魔物だけだと攻撃が単調にならざるを得ないし。

「抜断(ブレイク)！」

何かを叫びながら、アンドレさんが剣を抜きこちらへ飛び込んでくる。

大丈夫、このパターンは想定してた。

思ってたよりずっと速いけど、アイビーが魔法を使う方がもっと速い。

「アイビー！」

「みぃ！」

どうするかをわざわざ口にする必要はない。

彼女はいつだって最適解を出して、実行してくれるからだ。

アイビーの口元に、魔法陣が展開される。

そして僕の周囲を覆うように、緑色の円柱が現出した。

ガィン！

ドッ！

バタン！

三つの出来事が連続して訪れる。

まず一つ目の硬質な音は、アイビーが展開した障壁がアンドレさんの大剣の一撃を弾いた音だ。

そして二つ目のお腹に響くような大きな音は、アイビーが放った雷撃がアンドレさんの背にぶつかった音。

そして最後のバタンというのは、意識を失ったアンドレさんが地面に倒れ込んだ音である。

「…………」

僕も含めて、この闘技場にいる人全員が言葉を失う。

「みっみー！」

音を出していたのは、自分達の勝利を高らかに歌い上げるアイビーだけだった。

「しょ、勝者――――ブルーノ！」

……なんかわかんないけど、勝っちゃった。

アイビーってもしかして……相当、強いのかも？

「おい……今の見たか？　あ、あれどうみてもプラズマブレス……」

「じゃああのアイビーは……亀じゃなくて、ドラゴンなのか？」

「……俺に聞くなよ、わかるわけないだろ」

勝利の余韻に浸ることもなく呆然としていると、先輩方が話している声が聞こえてきた。

僕の心許ない魔物知識を参照するに、ブレスというのはドラゴンが吐き出す特殊な吐息のことだった……はず。

火を吹いたり、氷の吐息を出したり、雷を吐き出したり……みたいな。

確かにアイビーの攻撃はブレスみたいだけど、ブレスじゃない……はずだ。

だって通常、ドラゴンはブレスを一種類しか打てない。

でもアイビーってもう五種類くらい、あの攻撃にバリエーションがあるしね。

ていうかそもそも、アイビーはドラゴンじゃない。

どこからどう見ても亀じゃないか。ほら、こんなに愛らしい顔もしているし。

「か、回復班！　急いでギルマスを治して！」

シンディさんが大声で叫ぶと、白いローブを着た人達がこちらへ走ってきた。

回復魔法をかけてくれようとしているみたいだ。

僕達が倒しちゃったのに、手間をかけさせるのはなんだか罪悪感を感じてしまう。

「みー」

どうやら僕と同じ気持ちだったようで、アイビーが魔法を使ってくれた。

うつぶせに倒れて全身からブスブスと煙を出しているアンドレさんに、緑色の光が降り注ぐ。

「なっ……回復魔法まで!?　しかも後頭部の火傷が一瞬で治ったぞ!?」

「さっき飼い主守るために障壁出してたのもあいつだろ？　一体どれだけ多彩なんだ……」

皆がアイビーの多芸っぷりに驚いている。

ふふっ、そうだろそうだろ。

彼女は凄い子なのさ。

「みー」

心なしか、アイビーも鼻高々な様子だ。

確かに彼女は今まで、人に自分の力を見せる機会はほとんどなかった。

図らずもこの場所は、アイビーの力のお披露目会になったわけだ。

「う……ここは……？」

アイビーが僕にじゃれついて、その大きさのまま僕の肩に乗ろうとしていると、アンドレさんが目を覚ました。

僕より大きいんだから乗れるはずがないのに……アイビーって時々、信じられないほど頑固になるんだよね。

「そうか、俺は負けたのか……半端ないな、アイビーは」

「アンドレさん目線で、どれくらいの強さだったでしょうか？」

まともな尺度を持っていない僕では、アイビーの強さを測ることができない。

どれくらいの強さの魔物がどんなことをできて、その中で彼女がどれくらいの位置にいるのか。

ゼニファーさんが披露する魔物トークしか知識のない僕には、あまりよくわかっていないのだ。

「いや、普通に単体で二等級はいけるだろうな。一等級でも問題ないかもしれん」

「——え、えぇっ!?　一等級って冒険者で一番上ってことですよね？」

一等級冒険者、というものがどれくらい強いのかは知らないけど、トップにいるってことは相当に強いはずだ。

アイビーって……そんなに強いの？

正直半信半疑だけど……でもたしかに、元二等級のアンドレさんを倒しちゃったわけだし。

そのアンドレさん本人からもこうして太鼓判を押されているってことは、そういうことなんだよね。

「価値は示せた……ってことで、問題ないでしょうか？」

「ああ、示しすぎなくらいさ。うちは基本的に強い奴は大歓迎。こんな強力な従魔を手懐けたブルーノもひっくるめて、俺らはお前らを歓迎するぜ。………なぁ、そうだろっ、皆!?」

アンドレさんがぐるりと周囲を見渡している。

皆はガンガンと、何かの合図のように自分達の胸を打ち鳴らした。

「当たり前よぅ、強ぇ奴は誰でも大歓迎さ！」

「畜生、賭けにゃ負けたがすんげぇ新人が入ってきたからプラマイゼロだ！」

「歓迎はするけど、私達の仕事は取らないで欲しいかなぁ」

「お前のおかげで今日は高級娼館に行けるぜ、ありがとよ！」

観戦していた人達が思い思いに言葉を発している。

中には買った賭け札がただの紙切れになったことを悲しんで地面に膝をついてる人もいたし、何やら凄い新人が来たぞという風にしたり顔をしている人達もいた。

一番奥の方では、僕の勝ちに全財産をぶっ込んだ人が狂ったように笑っているのが見える。

全体で見ると、歓迎されている……と思う。

強ければ歓迎される。

ゼニファーさんが言っていたことは正しかったみたいだ。

そして冒険者の先輩達に、アイビーが強くても怖がっているような雰囲気はない。

この感じなら、村の人達みたく無視されたりはしないで済みそうだ。

おっきな土地でも借りて、ゆっくりできたらいいね、アイビー。

「よろしくお願いします！」

「みー！」

僕達が声を揃えて挨拶をすると、わあっと歓声が返ってきた。

こうして僕らの初戦闘は、皆に認めてもらえるというおまけもついて、大成功のうちに終わったのだった――。

「えぇっ!? なんでそんな話になってるんですかっ!?」

「上からの指示ですので、私達にはなんとも……」

あの後、冒険者ギルドのルールを覚えたり、結構な人達からの冒険者パーティー加入のお誘いをどうするか考えたりしているうちに、気付けば夕陽が落ちる時間になってしまっていた。

なので僕達はこうして改めて朝になってから、混雑しているギルドへとやってきたのだ。

僕が驚いている理由は、呼び出されたムースさんから言われた一言に原因がある。

「いきなり四等級に上がるだなんて……」

どうやら昨日の戦いのせいで、アンドレさんが僕の冒険者ランクを四等級に上げてしまったらしいのだ。

五等級に上げてもらっただけでも感謝だというのに……ここまでトントン拍子に話が進むと、どこかに落とし穴でもあるんじゃないかと不安になってくる。

アンドレさんがアイビーを有用だって判断してくれたって事なんだろうけど……こんなにいきな

りランクが上がったら、先輩達から不満の声も上がりそうだけど。

だって頑張って四等級に上がろうとしてる人達から見ると、今の僕はインチキをやっているようにしか見えないだろうし。

「本当なら三か二でもいいってギルマスは言ってたんですけど、流石にそれは上からの許可が下りなかったそうで」

「いえいえそこまでは！　四でも十分すぎます！」

これ以上そんな変な目立ち方はしたくない。

僕は大きく首を振ってお断りを入れて、とりあえず昇級についての話を打ち切った。

こうして僕は一度も依頼を受けていない四等級という、よくわからない冒険者になってしまったのだ。

「みー」

まあいいじゃない、もらえるものはもらっとけばって？

いやそうは言ってもさ、いきなり過ぎて心の準備が追いつかないんだって。

「みーみー」

元々この街に来てから驚きの連続じゃないかって？

……それは確かに。

ここで暮らしてくには、心臓がいくつあっても足りないかもしれない。

「なんだか通じ合ってるみたいですねぇ」

「――なんとなくわかるんですよね、何言ってるのか。アイビーも僕の言葉を理解してますし」

「あー……それ、あんまりここで言って欲しくはなかったかもしれませーん」

たはは、と何故か少し疲れたような笑いを浮かべるムースさん。

その理由を聞く必要はなかった。

「おい聞いたか、あの亀やっぱり言葉を解するらしいぞ！　等級は二より上だ！」

「くぅっ、俺も見に行っとくべきだったぜ。………唾つけるの今からでも間に合うかな？」

僕の背中の方から、こちらまで聞こえてくるくらいの声量で話をしている冒険者の方々から、その理由を教えてもらえたからだ。

ムースさんに追加で説明をしてもらう。

従魔と人間というのは通じ合うことができるが、それは思考を理解するだとかそういう次元の話ではないらしい。

魔力のラインが繋がるだけで、別に相手が何を考えてるかとか何を話してるかを理解したりはできないんだという。

それにそもそも人間の言葉を解するような高ランクの魔物は、人間になつく事も滅多にない。

僕も完全にアイビーの言葉を翻訳できてるわけじゃないんだけど、それでも僕達の関係性は特殊みたいだ。

もう何度も変だのおかしいだの言われてるから、いまさらこの程度で動揺はしないけどね。

「通常の四等級が受ける依頼ってどんなものがあるんですか？　僕五等級の依頼を受けるつもりで、ゴブリン討伐とかの心構えをしてきたんですけど……」

「簡単に言うなら、出かける場所が遠くなって、魔物が強くなるだけです。四等級相手だとオークとか、頑張ってオーガとかですかね。討伐依頼を全く受けずにというのもあれですし、最初はゴブリン討伐とかでもいいと思いますよ？」

「確かにそうですよね」

そもそも依頼をまだ一つも受けていないので、僕は討伐依頼をどうやってこなしていくのかといった、基礎的なことが全然わかっていない。

ペース配分とか、不寝番のやり方とか、何を持っていけばいいのかとか、そういったあまりに基本的な情報すらほとんど何も知らないのだ。

（そういう冒険者のイロハを教わるために、昨日誘われた先輩達に同行しようって話になってたんだったよね）

四等級に上がったショックが大きくて、頭の中から抜け落ちていた。

「誰かに同行したりする時って、パーティーを組む必要があるんですか？」

「別になくても大丈夫ですよ。ただ、あらかじめ報酬とか分担とか決めておかないと揉め事になることがあるので、そこは気をつけておいてくださいね」

「わかりました、ありがとうございます」

後ろを振り返って、テーブルの方を見る。

明らかに僕に声をかけられるのを待ってる風な人達が何人もいる。

昨日アンドレさんを倒してからは、ものすごい勧誘攻勢にあったんだよねぇ。

失礼がないよう記憶を掘り起こして、頭の中で顔と名前を照合していく。

僕らが通り過ぎると時折、ダメだったかぁという残念そうな声が聞こえてくる。

「ごめんなさい、でももう誰と組むかは昨日のうちに決めてるんです」

ペコペコと謝りながら進んでいく。実はもう誰が信用できそうかはアイビーと話し合いが終わっている。なので既に答えは出ているのだ。

キョロキョロとあたりを見渡すと、目的のパーティーが視界の端の方に映った。

僕達は頷いて、そのパーティーの方へと歩いていく。

そこにいるのは、女性三人で構成された冒険者パーティーだった。

「今日はよろしくお願いします！」

「みいっ！」

まず第一印象はあいさつから、ということで元気に声を出す。

「こちらこそよろしくね」

「よろしく頼むわ」

「よろしくぅ！」

一緒に行くパーティーの方へ頭を下げると、元気のいい声が返ってきた。

僕らも一緒に再度受付へ行き、リーダーのえっと……エナさんが依頼を受注する様子を見させてもらう。

右も左もわからないので、完全に任せきり。どんな風に受ければいいのかただ見ていただけだけど、どうやらそこまで難しくはないみたいだ。

依頼をこなせば報酬がもらえ、失敗すると違約金が発生する。

依頼は期限までに達成しなければ失敗扱いになってしまう。

そう言った基本的なルールを、エナさんも受付のシンディさんも、僕でもわかるように嚙み砕いて教えてくれる。

ふむふむと頷きながら情報を詰め込んでいるうちに、やりとりは終わっていた。どうやら今回受ける依頼は、『オーガの討伐』に決まったらしい。

隣街のカーターにある森に出没するようになったらしいオーガを倒し、街の人達を安心させるための依頼である。

買い出しにまで付き合ってもらい、必要なものを揃えて、彼女達がチャーターしてくれた馬車に乗り込む。

女性三人ということで色々と問題が起こりやすいらしく、少々高いが乗合馬車は使わないようにしているらしい。

スペースもゆったりとしている。

目的地へ向かう道中の空き時間を使って、改めてお互いに自己紹介をしていくことにする。

「私がこの『ラピスラズリ』のリーダーのエナよ、よろしくね。私達を選んだこと、絶対に後悔させないわ」

パーティーのリーダーであるエナさんが、僕にがっちりと握手をしてくる。

すごい自信に満ち溢れている感じがする。仕事のできる女性って感じだ。

彼女に手を握られると、手が一瞬で悲鳴を上げて骨が軋(きし)むのがわかった。

背も僕より小さいのに、とんでもない握力だ！

なんとか痛みを我慢して、光栄ですと言葉を絞り出すので精一杯だった。

僕が、というよりかはアイビーが熱烈に推してきた結果行動を共にすることになったのは、四等級パーティーの『ラピスラズリ』。

アイビーが彼女達を選んだ理由は、とてもシンプルだった。

僕達を勧誘してきた冒険者の先輩方の中で、彼女達が一番いい匂いがして、清潔だったからである。

そんなことかよと思うかもしれないが、アイビーは人間の僕が驚くほどの綺麗好きだ。

僕が身体を洗わず寝ようとしたら、無理矢理大きくなって服を脱がして水浴びをさせられた、なんてエピソードもある。

清潔な彼女からすると、どうやら何日も身体を拭かず獣のような匂いを出す男冒険者達がお気に召さなかったようだ。

僕としては実力的にはエナさん達より高い、三等級の『エスト・エスト・エスト』を推したんだけど、アイビーがつーんとそっぽを向いて拒否してしまったのであえなく断念した。

確かにリーダーのマキシムさん、髭ボーボーで臭かったもんね……。

「じゃあもう少し深い話をしておこうかしら。私の役目は前衛で、得物はこの肉絶骨刀ね」

エナさんは茶色い髪をばっさりと切り揃えたショートヘアーをしている。

戦うときに邪魔にならないようにするためか、前髪はかなり短かった。

いわゆるおかっぱヘアーだ。

着ているのは青い鱗がびっちりと並んでいる鎧である。いわゆるスケイルメイルってやつだと思う。詳しくないので、なんの魔物のものかはわからない。

エナさんの脇の、何か起これぱすぐに手が届く位置には、一本の剣がある。背丈くらいの長さがある、真っ白で無骨な剣だ。

名前から察するに、何かの魔物の骨でできている剣なんだろう。

「私はサラ。後衛で、得意なのは氷魔法。ガス欠にならないよう攻撃は基本地味だけど許してねって?なわけで、よろしく」

サラさんは頭に魔女みたいなトンガリハットを被った、静かそうな青髪の女性。

「僕はアイシャ。中衛だけど前衛もできる万能型って感じ。僕が時間を稼いでる間に、二人がどでかいのかまして勝つっていうのがうちらの基本戦術。噂は聞いてるよん、よろしく」

僕っ娘なアイシャさんは、口調とイメージの違う長い金髪をなびかせている元気そうな女性だ。

この三人が『ラピスラズリ』のフルメンバーである。

ムースさんに聞いたところ、割とピンキリな冒険者の中でも、かなりまともなパーティーらしい。しっかりとギルドでの実績も積んでいるらしいので、騙されたり酷い目に遭わされたりすることはまずないだろう。

オーガの討伐も何度か実績があってのことなので、アイビーがいるから無理して依頼を受けようなんて感じじゃないし。

「改めまして、僕はブルーノと言います。皆さんと同じ四等級なのですが、ほとんど何も知らないも同然なので……色々ご教授いただけると助かります」

「僕達は二年かかったんだぞー！　僕達の二年を返せー！」

「茶化すなアイシャ、ブルーノが困ってるだろう」

「あ、あはは……どうぞよろしくお願いします」

なんていうか、その……こういうのを、かしましいって言うんだろうか。

女性ばかりの空間だし、なんとなくいい匂いがするしで、どうにも落ち着かない。

アイビーも雌なので、実質雄1対雌4なわけだし。

「で、この子がアイビー。こう見えて、実はかなりの綺麗好きです」

「みー」

今のアイビーは、手のひらサイズである。

僕の肩に乗っているアイビーは、しゃっきり背筋を伸ばした。

そしてちょんちょんと、手を使って僕の肩の骨のあたりをつついてくる。

意図を察して笑ってから、彼女の前に手を出す。

そしてするりと手の上に乗ったアイビーを、三人の前に突き出した。

「みー」

アイビーがつぶらな瞳で三人を見回してから、ちょこんと頭を下げる。

よろしくお願いしますという彼女の気持ちが、『ラピスラズリ』の先輩達にちゃんと伝わるといいな。

「か……かわいい」

「これがあの噂の……ギルマスを倒したという亀のアイビーなのか……」

「ミニマムプリチー……あ、よく見ると腕輪もちょっとオシャレ！」

前にも言ったけれど従魔用の腕輪は、ただ扁平な板を輪にしたよく言えばシンプル、悪く言えば無骨なものだ。

けれどオシャレさんであるアイビーは、そんなダサいものを身に着けるのが我慢ならないらしい。

魔法を使って成形をしたかと思えば、それでもまだ満足いかぬようで、今では意匠を凝らしたり模様を彫り込んだりとかなりこだわってアレンジを加えている状態だった。

今着けている腕輪には、彼女が一生懸命彫っていた薔薇の花が刻まれている。

自分のおしゃれポイントに気付けてもらえて鼻高々なアイビーが、満足げにふっと鼻から息を吐いた。

「アイビーが自分で彫ったんですよ」

「えっ、ホントに？　……もうそれ頭いいとかじゃなくない!?」

確かにペットとして頭いいとか、そういう次元はもう超えてるよね。

普通に頭もいいし、魔法も使えるし。

アイビーが人間だったら、今頃ひとかどの人物にでもなってたんじゃないかな。

「エナさん。僕達の噂って今、どんなことになってます？」

うむむと唸りながら腕を組むエナさん。

彼女とサラさんは、ギルマスとの戦いは見てないんだよな。

勧誘に来てくれたのは、アイシャさん単独だったし。

エナさんが喉に魚の骨でも詰まったみたいな顔をしている。

どんな風に説明したものかって、苦慮しているみたいだ。

……そんなにひどいのかな？

尾ひれ背びれがついて、とんでもないことになってるのかもしれない。

「ううん、本人を前にしてどこまで言っていいのかはわからないけれど……」

「大きさを自在に変化できるとか、プラズマブレスを吐いたとか、ギルマスを一瞬で治したとか。一応ギルマスを倒したって話は軽く聞いてるんだけど、実際どこまで本当なの？　アイシャって嘘吐けるタイプじゃないんだけど、説明するときなんか凄い興奮しててさ、イマイチ伝わってこなかったのよね……」

「おいサラ、そんな直截に……」

「大体合ってますね」

「大体合ってるのか!?」

そんなバカな、とあわあわしているエナさん。

吐いたのはプラズマブレスじゃなくて雷撃だけど、それ以外は大体合ってる。

っていうかアイシャさん、あのアイビーの勇姿を二人にはあんまり詳しく説明してなかったんだ。

「そもそも僕達の所に来るなんて思ってなかったから、説明を最小限にしといたの。事実を知ったら、サラは色仕掛けとかしそうだし。そもそも信じてもくれなさそうだしね」

「そんなことは……あったかも」

僕が不思議そうな顔をしていたからか、アイシャさん本人から補足が入る。

いやあったんかい、とサラさんには心の中で突っ込んでおく。

……確かに四等級でも『ラピスラズリ』より強いパーティーはいくつもあったし、三等級の人達からも声をかけられてたしね。

エナさんもまさか、自分達が清潔だからという理由で選ばれるだなんて思ってなかったんだろう。

僕もアイビーからの強い要望がなければ、別のパーティーの方がいいかなと思っていたし。

二人と話しているうちに、エナさんが落ち着きを取り戻してきた。

彼女は出会いたての頃のキリッとした様子に戻っていて、すごく頼りになりそうだった。

予想外の出来事には弱いけど、想定内のことにはめっぽう強いタイプなのかも。

「ちなみにアイビーって、どれくらい大きくなるんだ？」

「うーんと……僕の実家より大きいくらい、ですかね……」

「家サイズなのか!?」

事前にゼニファーさんからは、アイビーが持ってる力は隠さずにどんどん出していけというアドバイスをもらっている。

なので少し悩んだけど、本当のことを話してしまうことにした。

「それでもまだ成長が止まってないので、まだまだ大きくなりますね」

「みー」

私はまだまだ成長期と、胸を張るアイビー。

その様子を見てアイシャさんがニヒッと笑う。

何か笑われるようなことでもしてしまっただろうか。

少し不安に思っていると、彼女は眉間にトントンと指を当てて言った。

「ほら二人とも、一事が万事こんな感じなんだよ？　僕から話聞いても、信じなかったでしょ？」

「うーん、確かにそうかも……」

「じゃ、じゃあ本当にプラズマブレスが吐けるのか？」

「いや、口から雷撃は吐けますけど……あれはブレス攻撃じゃないですよ」

「回復魔法も使えるんでしょ？」

「ああ、雷撃を食らって全身火傷を負ったギルマスを一瞬で治してた」

「……ええ、それって一級神官レベル……」

サラさんがアイシャさんの言葉を聞いて絶句している。

アイビーは傷を治すことができるけど、それがどのくらいのレベルなのかは、比較対象がないからわからない。

僕が木から落ちたときに擦り傷を治したりするくらいでしか、使ってこなかったから。

そもそもアイビーは、怪我なんかしないくらい丈夫だしね。

でもアンドレさんのあの全身火傷も治せたくらいだから……魔法の練度も、結構高いのかもしれない。

一級神官っていうのがなんなのかは、よくわからないけれど。

「サイズは変幻自在なの？」

「大きさは自由に変えられますし、重さも軽くできますね」

「え、それって重力魔法じゃ……」

「……そうなんですか？」

「なんであんたがわかってないのよ!?」

僕は村の外にほとんど出た事なんてないし、村に魔法使いの人はいなかった。

魔法のことを何も知らなくてもしょうがないじゃないか。

でも……これからはそんな考えじゃダメだよね。

アイビーが魔法が使える以上、魔法という技術について、従魔師である僕がちゃんと知っておかなくっちゃ。

「ごめんなさい、田舎者なのでまだまだ無知でして……」

どうやらサラさんはアイビーの力をよくわかっていない僕に、怒り心頭な様子だった。

怒ってるからちょっとだけ怖かったけど……説明してくれるようお願いすると快くオッケーをもらえた。

本職の魔法使いの人にこんなにすぐに魔法について教えてもらえるなんて、思ってもみなかったよ。

「この子も自分の力を知ってもらえないんじゃ浮かばれないし。それに……ううん、これは今はいいや」

首を振りながらサラさんが肩に乗り直したアイビーの方を見る。

一体何を言いかけたんだろう。

少し気になるけど……今はいいか。

「まずその電撃だの雷撃だのの話は置いとくよ？　あとで実際に使ってもらえばいいだけだから。最初は回復魔法について。アイビーの魔法がどんくらい凄いのか、ブルーノ君はわかってる？」

「一級神官レベル……なんですよね？」

「うん、それ私が言ったやつね。つまりはなんにもわかってないってことか……。いい、よく聞いてね？」

サラさんが教えてくれる知識は、当然ながらまったく馴染みのないものばかりだった。

そもそも魔法というのには、下級中級上級という三つの区分があるみたい。

それを回復魔法にあてはめて、大雑把に説明をすると。

切り傷や擦り傷くらいしか治せないのが下級。

軽い骨折なんかも治せるようになるのが中級。

重傷を負った死にかけの患者も治せるのが上級。

という風になっているんだって。

「普通は回復魔法って何回も掛けて、ゆっくりと治していくものなの。何回も掛ければ中級だって開いた腹部も治せるし、傷ついた内臓もある程度は治せる。でもその子は一発で、一瞬で全身火傷っていうそこそこ重い怪我を治した。それってつまり、アイビーの回復魔法の腕前は上級に相当してるってことなの。ブルーノにはこの意味がわかる？」

「上級ってことは……冒険者で喩えるなら二級や一級ってことですよね。ということはかなり珍しくてすごいんじゃないかと思います」

「珍しい、なんてもんじゃないわ。回復魔法の使い手って基本的には施療院っていう教会の組織に引き取られて暮らすことが多いんだけど、そこの中でも上級使えるのなんて数人程度よ。詳しい情報は秘匿されているから正確にはわからないけど、まず間違いなく十人もいない」

回復魔法の専門家達を集めた組織の中ですら滅多にないような力を、アイビーは持っている。

それが一体どういう意味を持つのかはわからない。

でも稀少な何かを持っているっていうのは、きっとアイビーにとって好ましくないことだと思う。どんどんと大きくなってしまうというただそれだけのことで、彼女は村の皆から快く思われなかったんだから。

「それだけじゃないわっ！」

そしてサラさんは息継ぎをせずに、また新たな説明をしてくれた。さっき言っていた、重力魔法についてだ。

重力魔法の説明は難しすぎてよくわからなかったけれど、これは簡単に言えば、物を重くしたり軽くしたりできる魔法らしい。

これも使えるような人が滅多にいない、レアな魔法なんだって。

僕はアイビーだけが軽くなるものだと思ってたけど、どうやら彼女は何かを軽くすることもできるみたいだった。

サラさんの話を聞いて僕が思い出したのは、まだ僕をギリギリ背に乗せられるくらいの大きさだった頃、僕のことを難なく持ち上げていたアイビーの姿だった。

確かに三人で乗ってもへっちゃらだったときはたくさん乗っても平気なんだなぁとは思ってたけど、どうやらカラクリがあったらしい。

僕に説明をしきって疲れている様子のサラさんが、ぜぇぜぇと息を吐きながら背を反り返らせる。

汗に濡れて少し色の濃くなった青色の髪が、束になって揺れていた。

物知らずな僕にここまで説明してくれて、ありがたい限りだ。

やっぱり僕は周りの人達に恵まれているのかもしれない。

「上級の回復魔法に重力魔法、それにギルマスの一撃でもびくともしない障壁を作る力に、ブレスみたいな攻撃手段もあるんでしょ？　どんな化け物よ、それ」

「あ、サラさんその言葉使うの止めて下さい。アイビーそれ言われるの苦手なんです」

アイビーは母さんに言われて以来、化け物と言われるのに苦手意識がある。

どうやら僕がいないところで心ない村の人達にも言われたことがあるらしく、その言葉は彼女にとってトラウマになっているのだ。

「みぃ……」

しゅんとした顔のアイビー。

ちょっとしゃがれたような声を出していて、目がうるうると潤んでいた。

たとえ彼女が珍しくて特殊な力を持っていたとしても、化け物として扱われて平気でいられるわけじゃない。

アイビーは酷いことを言われれば傷つくし、嫌なことがあったら拗ねたりもする。

そういう部分は、あまり普通の人と変わらないんだ。

首を甲羅の方に引っ込め始めたアイビーを見て、サラさんが慌てて謝った。

今度何か小物をプレゼントしてあげると言われると、アイビーの機嫌は一瞬で直った。

アイビーは気持ちの切り替えが早いからね。現金だなぁとも思うけど、不機嫌でいられるよりずっといいよね。

彼女が大人でよかった。

「まぁ色んな力を持ってるけど、アイビーは普通の女の子ってわけなのね」

「そうですね、女の子じゃなくて雌ですけど」

「みぃっ！」

指をガジガジと嚙まれた。

ちょ、痛いってアイビー！

機嫌直ったんじゃなかったの!?

「……今のはデリカシーないよ、ブルーノ君」

「うん、今のはナシ寄りのナシ」

僕は何故か三人と一匹から白い目で見られてしまう。

そこからオーガ討伐のために隣街に着くまで、僕は肩身の狭い思いを味わうことになった。

たしかにアイビーは女の子みたいな感性を持ってるけど……でも普通に亀だし。

なんでここまで変な目で見られなくちゃいけないのかわからない。

女の子って難しいなぁ。

「みぃ！」
ちゅどーん！
僕を乗せられるくらいのサイズまで大きくなったアイビーの雷撃が炸裂する。
彼女が口から出す攻撃の大きさは、基本的には使うときの身体のサイズに比例する。

意識すれば収束させたり拡散させたりもできるけど、面倒くさいのかあまりやろうとはしないんだよね。

生後三年サイズのアイビーの一撃は、拳大の光線の大きさだ。

目にも留まらぬ速さでオーガへ飛んでいき、即座にヒット。

胴体に突然の攻撃を食らったオーガが、口から血を吐き出した。

光線が消えると、まるで光に肉体を食われたかのようにそこにだけぽっかりと穴が空いている。

ドスン！

オーガが倒れ、場を静寂が支配する。

「……」

「……」

「……」

エナさんもサラさんもアイシャさんも、皆口をあんぐりと開けていた。

初めて見た時は僕もあんな顔をしていたなぁ、と少し懐かしい気分になる。

どうやらオーガくらいなら、アイビーの一撃でなんとかなるみたいだ。

確か四等級の上の方が倒せる魔物って言っていたから、とりあえず今のランクのままなら問題はなさそうかな。

「私は一度ドラゴンのブレスを見たことはあるが……たしかに違うわね。まあでも、むしろ威力はこっちの方が高い気がするけど……」

「ていうか……僕達何もしないうちに終わっちゃったね」

オーガ討伐だというのにあまりにもあっさりと終わったからか、二人が気の抜けたような顔をしている。

先ほどから真剣な顔をしているサラさんだけは、表情を崩してはいなかった。

「……ねぇ、帰りの馬車で話があるわ。わりと真面目な」

サラさんはそれだけ言うと、魔物の素材を回収するより先に馬車へと一人戻っていってしまった。

回復魔法の話をしていた時もそうだったけど……やっぱりアイビーのこと、だよね。

「ああ、こっちきてブルーノ。魔物の解体の仕方を教えるから」

「あ、はい。今行きます」

僕は意識をエナさんの方に戻して、彼女がナイフを突き立てているオーガの方へと走っていった。

解体かぁ、僕にもできるようになるだろうか。

「教会の奴らが、アイビーのところに来るかもしれない」
カーターからアクープの街へと戻るその帰途に、真剣な顔をしていたサラさんがそう告げた。

教会、というのはこの国の国教である神聖教のことだろうか。

やはり回復魔法に関連したことなんだろうか。

「……でもアクープの冒険者ギルドは、基本的に神聖教を親の仇のように憎んでるよ。ちょっと気にしすぎじゃないかな」

アイシャさんの言葉に、サラさんが首を横に振る。

それが否定の意味だっていうのは、彼女の表情からもわかる。

「人の口に戸は立てられない。正確なところまでは伝わらなくても、あと数ヶ月もしないうちに教会に話がいくでしょ。回復魔法を使える従魔を持ってる冒険者がいるってね」

「……アイビーを教会に連れて行こうとするってことですか？」

どうやら回復魔法を魔物が使えるということに問題があるようだ。

教会が秘匿（厳密には野良の回復魔法使いもいるからできてはないんだけど）している魔法を使う魔物がいるというのが、ちょっと教会の教義にひっかかるかもしれないらしい。

通常回復魔法のような高度な魔法を魔物は使わない。

ドラゴンやグリフォンと呼ばれる高位の魔物というのは、固有魔法と呼ばれる種族特有の魔法を使うのが普通らしい。

でもサラさんが言うには、アイビーが使っている回復魔法は、見る人が見れば固有魔法ではない普通の回復魔法だとわかってしまうらしい。

彼女はどうやらそれが口の端に上って、教会の人に知られることを危惧しているようだった。

「教会に連れてかれたらどうなるかわからないわ、最悪教会の敵として殺されるかもね。案外――巷で話題の聖女様のペットなんかとして扱われるかもしれないけど。聖女様の飼ってる亀は、回復魔法まで使えるぞ……なんて具合にね」

僕は、あまり信心深い方ではない。

家が農家だったから豊穣の神様のディアニテー様に、年に二回麦の種まきと収穫の時に祈りを捧げるくらいの信仰心しか持ち合わせてはいない。

だからそのなんたら教という宗教も知らないし、そこが崇めているなんちゃらって神様も知らない。

でも彼らがアイビーに何かしようとするなら、なんとかしなくちゃいけない。

アイシャさんの言葉を信じるなら、どうやら今すぐにどうこう、という話ではないみたいだけど。

でも心の片隅辺りで、気に留めておかないといけないな。

「冒険者ギルドとその宗教の人達は仲が悪いんですか？」

「悪いね。前にちょっと一悶着あって、それから冒険者達はあいつらを蛇蝎（だかつ）のように嫌ってるよ」

なんでもエンドルド辺境伯領が西部に広がっている森を開拓しようとした時、開拓に神の正統性を云々と難癖をつけてこられたことが発端らしい。

辺境伯は教会関係者にブチギレて、神聖教の禁教令を出し、一部の例外を除いて領内の布教と信仰を禁止したんだって。

どうやらその際、森の開拓に関わっていた冒険者達とも色々と問題を起こしたらしい。

だからアクープの冒険者で、教会の奴らを好きな者はいないそうだ。

アイシャさんの話を聞いてゾッとしたんだけど、どうやら王都ではまだまだ神聖教は幅を利かせているらしい。

僕が王都じゃなくてアクープを選んだのは、正解だったみたいだ。

そんな危険があるんなら、下手に隠したりせずゼニファーさんにアイビーのことを、全部話してしまったほうがよかったかもしれない。

今後悔しても、後の祭りなんだけどさ。

「でもエンドルド辺境伯って、随分過激な人なんですね」

いくら鬱陶しかったとはいえ、宗教を攻撃するだなんて。

だってそれって、神聖教の人とかが落とすお金が期待できなくなるってことでしょ？

よく領内が豊かなままでいられるよなぁ。

魔物の出る場所と近いらしいから、魔物の素材が安定して供給されてるって事が大きいのかも。

「うちの領主様は結構変な人でね。王都と交易品を減らして他領との取引量を増やしたり、魔物を使った特産品を作ったりとかしてるのよ。変なことばっかりやるから、半分くらいは失敗なんだけどね」

「なんだか面白そうな人ですね」

魔物を使った特産品だなんて。

どんなものなんだろう、僕の頭じゃ想像つかないや。

あとで父さんと母さんに買っていくのもありかもしれない。

早くも帰郷の時の事を考えながら、エナさんの言葉に相槌を打っていると、

「あんたも他人事じゃないわよ」

とサラさん。

気を緩ませ帽子を脱いでクルクルと自分の髪を巻いている。

……確かにそうかもしれない。

だって辺境伯って、強い人とかを歓迎するこの街の主である人なわけだから。

アイビーに興味を持っても、なんら不思議じゃない。

……あ、領主様のことを聞いて今思い出した。

まだ領主様へ手紙、出してないや。

どこへ出せばいいかわからなくて、結局そのままだ。

どうせならこのまま依頼の報告をするときに、旧知の仲らしいアンドレさんに渡してもらおう。

――いや、本当にそれでいいのかな？

領主様ってなんだか過激な人みたいだし、やり方を間違えたら怒られるだけじゃ済まないかもし

れない。

「すみませんサラさん、領主様への手紙ってどうやって渡すのが正しいですか？」

「え？　……そりゃ普通に衛兵経由で領主邸の家令に渡せばいいんじゃん？　なんでいきなりそんな話になるわけ」

「僕、知り合いの人から領主様に手紙を出すよう言われてたのを、すっかり忘れてまして。今日あたり、渡しに行こうかなと」

どうやらアンドレさんに渡すというのは、やり方としては正しくなかったみたいだ。

考えてみると、手紙を渡す程度の雑用をギルドマスターにさせるなんておかしいもんね。

渡す前に聞けて良かった。

軽挙をせずに済んだ。

「ちょっと待って、それ誰の手紙？　村の村長さんからの挨拶とかだと、辺境伯普通に怒るよ？」

あの人意味のない無駄って大嫌いだから」

「多分知ってると思うんですけど、ゼニファーさんって人なんですが……」

「「「ゼニファーさん!?」」」

わっ、びっくりした。

三人ともすごく驚いた顔をしてる。

……やっぱりゼニファーさんって、この街では相当有名な人なんだなぁ。

「それってもしかしなくとも……あのゼニファーさんよね？」

「白髪交じりで、いっつも白衣を着てる、四十手前くらいに見える男の人ですね」

「間違いなくゼニファー＝コーニットさんだね」

ゼニファーさんってそういう下の名前があるんだ。

……ん、あれ？

下の名前があるってことは……貴族だったりするの？

にしてはフットワークが軽すぎるような気もするんだけど……。

「なんであんたがきょとんとしてんのよ、普通逆でしょ逆」

「僕ゼニファーさんのことほとんど何も知らないんですよ。王都に顔が利いて、魔物の学者さんをやってることぐらいしか」

どうやら三人の反応を見るに、彼は結構凄い人のようだ。

いや、ムースさんが直にギルドマスターに手紙を渡しに行った時点でなんとなく察してはいたんだけど。

ゼニファーさんはとある功績から、法衣子爵として貴族になっているらしい。

法衣子爵っていうのは、毎年年金がもらえるだけで土地とかは持たない貴族のことだ。

それだけ聞くとあんまり凄くないようにも聞こえる。

でも貴族っていうだけで、なんだかすごい偉いような気もする。

ただの学者さんじゃなかったんだなぁ、ゼニファーさんって。

なんか面白くて頼りになる人って認識しかなかった。

ちなみに彼が王都から認められた功績っていうのは、数年前に起こった記録的な大不作をしのぐための方策を確立させたこと。

彼は今まで禁忌とされていてあまりなされていなかった魔物食を、普通の食事と同じくらいの味になるように品種改良したんだって。

ゼニファーさんと辺境伯が合同で出したいくつかの魔物食品は、今ではアクープの名物兼特産品にもなっている。

ケイブボアーと呼ばれる洞穴に住む魔物のイノシシを品種改良して草原で草を食ませるようにした、グラスポーク。

ワイルドビーというこぶし大の蜂の女王を操って採れるようにした、暴力的な甘さがありほんのり魔力も籠もっている魔蜂蜜。

釣りに来た人間を噛み殺す魔物のデモンサーモンを養殖して生まれた、自分から釣り針に食いついてくるカマスサーモン。

魔物の繁殖力というのは、普通の生物の比じゃない。

一週間もあれば成体になるようなのがほとんどだ。

だから爆発的な繁殖力がある魔物を食べ続けて、なんとか飢饉が起こらないようにしたらしい。

でもその成長速度とか出荷速度が速すぎて市場を壊しかねないからって、王都からは色々と制限をかけられてるんだって。

皆を助けるために始めたことだろうに、なんだかかわいそうな気がする。

それを鬱陶しがって、最近辺境伯は王都と距離を取って、交易する相手を遠くから選ぶようにしてるらしいけど……そうなるのもわかる気がする。

「色んな人の命を助けたんですね、ゼニファーさんって」

「そうだよ。基本的に危険なばっかりでまともに来なかった商人達も、最近は血相を変えてこっちのゴマをするようになった。このアクープの街を始めとした辺境伯領じゃ、彼は尊敬の的だよ」

「ていうか私的には、ブルーノ君がどうして彼と知り合いなのかの方が気になるんだけど」

「ああ、実は前にアイビーを捕まえに来たゼニファーさん達を返り討ちにしたことがありまして」

「返り討ちにっ!?」

「それから仲良くなって、色々と骨を折ってもらいまして」

「めちゃくちゃはしょったね!?　どうやったらそこから距離を縮められるのさ！」

「ちなみにアイビーの種族の名前、ギガントアイビータートルって言うんですけど、その学術名を付けたのもゼニファーさんなんですよ？」

「へぇ、どんな名前なの？」

「ゼニファー＝ゼニファー＝ゼニファーです」

「「ぶふっ！」」

やっぱり初めて聞いたとき変な名前だって思うよね。

僕も笑ったもん。

「みー！」

肩を滑って首下へやってきたアイビーに、ガジガジと耳たぶを囓られる。

わっ、ちょ、ゴメンって！

そういえば前もこの話をしたときにアイビーが怒ってたような気がする。

さすがに自分の種族の名前を笑われるのは嫌だよね、ごめんごめん。

僕の種族が人間ですって言われて笑われるようなものだもんね、そりゃあ良い気分はしないよね。

「でもアイビーみたいな亀が何匹も群れになって、どこかの池で暮らしてるって考えるとさ……」

「――ぞっとするわね」

「その池、どんな城塞より難攻不落かも」

三人がかしましくそんな話をしているのを、僕は黙って聞いていた。

そうか……そうだね。

確かに今まであんまり考えたことはなかったけれど。

もしかしたらどこかにアイビーの家族や、同種の仲間がいるかもしれないんだ。

アイビーに仲間がいるんなら、会わせてあげたいな。

彼女が優しいからあまり気にしてなかったけど。

今のアイビーの状況ってさ、喩えるなら僕一人だけがゴブリンの集落で暮らしてるようなものなんだよね。

すごいストレスが溜まっていても、全然おかしくない。

ある程度路銀ができたら、ゼニファーさんと一緒に、アイビーの仲間を探しに行くのもありかもしれないな。

「みぃ！」

「あはは、ちょっとアイビー急に重くならないでってば！」

僕が珍しく真面目に考えていると、アイビーが『ラピスラズリ』の女の子達と仲良くなっていた。

……前言撤回。

全然ストレス溜まってなさそうだ。

今まではアイビーを恐がる人ばかりだったからわからなかったけど。

実は彼女って結構、コミュニケーション能力が高いのかもしれない。

That turtle,
the storongest on earth

第二章
亀とグリフォンと僕

「ぶっちゃけて言おう、アイビーの力を貸して欲しい」

「は、はぁ……」

『ラピスラズリ』の三人とアクープの街へ戻り、報奨金を五等分（アイビーも一人分）で分けていると、ムースさんに呼び出しを受けた。

連れて行かれたのは、二回目の応接室。

前回と間違い探しをするかのように、全く同じ体勢でアンドレさんが待っていた。

そして開口一番、助けを求められ……今に至っている。

「みぃ……」

「いきなり言われてもわからない。まずは詳しい説明からしてもらわないと。ギルドマスターだったらちょっとはこっちの気持ちも考えてよ、と言ってます」

「……すごいな、今の鳴き声一つからそこまで読み取れるのか」

アイビーとはツーカーだからね。

彼女の気持ちは大抵わかるんだ。

なんでなのかは、僕もわからないけど。

——家族だから、なのかな？

「あいやすまん、ちょっと焦っててな。今から説明させてもらおう」

アンドレさんの話はこうだ。

実はアクープの街から東にあるトーヒェン伯爵のジンボウの街に繋がっている街道に、とある魔物が現れたのだという。

常日頃から魔物達と戦い慣れているアクープの冒険者達ではなく、ギルドマスターを倒したとはいえ新参であるアイビーに直接話をしなければいけないほどの魔物。

その魔物の名は――。

「グリフォンだ。等級は一等級……つまりは一番上だ。うちの冒険者達が束になって人海戦術に出て、なんとか倒せるってところか」

魔物も冒険者と同様に、等級によってランク分けされている。

大体同じ等級の魔物と冒険者パーティーが、同じくらいの戦闘能力らしい。

グリフォンは一等級の魔物だから、つまり一等級冒険者パーティーと同じくらいの力があるということになる。

一等級冒険者っていうのは、冒険者ギルドの最高戦力だ。

そんな人達が束にならなければ敵わないというほどの魔物、グリフォン。

今回の依頼は、往来を通せんぼして居座っているグリフォンをなんとかしてどかすというものだ。

別に討伐する必要はなく、どこか別の場所に飛ばしてしまえばそれでいいとのこと。

部隊の中に、アイビーとブルーノに入ってほしいと、アンドレさんに頼み込まれる。

一等級って……僕まだ四等級になったばかりなのに。

いくらなんでも、むちゃくちゃ過ぎないか？

「その今回の対グリフォン部隊……でいいんでしたっけ？　その部隊にいるのって、多分……」

「ああ、主だった面子は二等級で、一人一等級の奴もいるな。四等級で参加するのはブルーノだけだ、これはすごいことだぞ」

そんな風におだてられても全然嬉しくない。

アンドレさんの話を聞いて僕が感じたのは、力を頼られる嬉しさなんかほとんどなくて。

もっと上手くやれたんじゃないかという、後悔の方がずっと強かった。

確かにゼニファーさんに、目立ってギルマスや辺境伯の目に留まるようにとは言われた。

でも僕達はその言葉をあまりにも鵜呑みにしすぎたのかもしれない。

ゼニファーさんはアイビーの回復魔法なんかの、魔法全般の練度については知らなかったはずだ。

きっとアイビーはアンドレさんにあまりにも、目を付けられすぎた。

僕が上手く立ち回れなかったせいで、まだ寝るところを決めるのがやっとという段階なのに、これほど危険な依頼にかり出されようとしている。

それだけ覚えがめでたいのはありがたいけど……でもなんでも言うことを聞き過ぎてはダメだ。

そんなことをしても、いいように扱われるだけになってしまう。

「アンドレさん、今回の……」

「みー！」

僕が口を開こうとすると、それを遮るようにアイビーが叫んだ。

「みー、みー！」

「……いや、でも……」

彼女は僕のことを、たしなめている。

そんなことをするんじゃないと、そう言っているのがわかった。

でもこんなすぐに危険な場所に行くことになるなんて、早すぎるよ。

僕が危ないのはもちろんだけど、アイビーだって危ないんだぞ。

元二等級のアンドレさんを倒せたとはいえ、君の力が一等級の魔物に通じるかなんてわかんないんだ。

「み」

僕はそう反駁したが、アイビーは顔を背けて聞く耳を持たなかった。

「みみぃ」

『私ならできる』とだけ言うと、アイビーが顔をこちらに戻した。

彼女は自分の意見は言うけど、決して自分勝手でわがままな子じゃない。

無理を通そうとはせず、それ以上何も言わないまま、僕の判断を待っている。

……どうしよう、どうすればいいんだ。

アイビーの力が一等級に通じるかはわからない。

彼女は大丈夫だと言っているけれど……。

アイビーが本来のサイズに戻って全力を出せば……なんとかなるかもしれない。

……今は彼女を信じるしかない、か。

もし無理そうだったとしても、きっと逃げることくらいならできるはずだ。

仮に負けることがあったとしても、それもまたアイビーにとっていい経験になる、そう思っておくことにしよう。

「わかりました、僕達も参加します」

「みー！」

「恩に着る……助かるよ」

こうして僕は、アイビーに説得される形で、グリフォンをどかす特別任務を受けることになった。

「今回参加させていただくことになりました、ブルーノとアイビーです！　よろしくお願いします！」
「みぃ！」
僕達はそのまま軽く説明を受けてから、応接室の二つ隣にある部屋へと連れていかれた。

部屋の入り口のドア横の黒板に書かれているのは、『対グリフォン作戦会議』の文字。

どうやらギルマスは、僕達を説得したら、そのままこちらへ連れてくる算段だったらしい。

一応依頼明けだし、休みのこととかも考えてくれると嬉しいんだけどなぁ……。

「僕はアレク、こちらこそよろしくね。いきなりの大抜擢大変だろうけど、一緒に頑張っていこう」

グッと親指をこちらに突き出しているのは、アレクさん。

二等級パーティー『オブシディアン』のリーダーとして活躍されている方だ。

自分の背丈よりも大きな大剣を、壁に立てかけている。

着ているのが真っ黒な鎖帷子(くさりかたびら)だし、武器も物騒だし、顔も強面で恐そう。

でも一番初めに気さくに声をかけてきてくれたのはアレクさん。

人間の第一印象なんて、やっぱりあてにならないな。

「いえいえ、よろしくお願いします」

「みー」

何か気の利いたことの一つでも言おうかと思ったけれど、残念ながら僕にそんなことができる話術のスキルはなかった。

当たり障りのない返事しかできない自分が悔しい。

アイビーの役に立てないのは、嫌だ。

頼りっぱなしじゃなくて、互いに頼り合えるような関係に、なっていけたらって思う。

「話には聞いてるよん、期待してるから」

「あはは……お手柔らかにお願いします」

「どかすのは俺らがやるからよ、まぁ見学くらいの気持ちでいりゃあいいさ」

「そうですね、あまり深刻に考えすぎないよう気を付けます」

アレクさんを皮切りに、色々な人が声をかけてきてくれた。

先ほどまでしていたであろう作戦タイムは中断され、僕とアイビーへの挨拶の時間が始まってしまっている。

魔法使いの人なんかは一見しただけだとわからないけど、戦士とかの前衛の人はやっぱり皆すごい体格をしている。

武器も防具も物々しいか、一目見てなんだか高そうだと感じるものばかり。

そして悲しいことに、従魔師（テイマー）の人はいなかった。

従魔師で一線級の人は、滅多にいないという話は聞いたことがある。

それだけ強い従魔を従えることが、難しいかららしい。

二等級以上の人達がこれだけ一堂に会しているというのは、なんだか物語に出てきそうな光景だ。

（冒険者の中の一流どころを集めると、こんな感じになるんだなぁ）

一つ気になった点と言えば、二等級パーティーの中にはちらほらと僧侶と呼ばれる回復や防御の魔法に長けている人達がいることだろうか。

もしかしたらということもあるので、彼らの前でアイビーの回復魔法を使うのは、できるだけ避けた方がいいだろう。

彼らに見られたら、一発でアイビーが上級の回復魔法が使えるとバレてしまうし。

冒険者の風の噂という奴で知ってはいるだろうけど、サラさん曰くそう簡単に信じられはしないって話だし。

まぁ、そう遠くないうちにバレてはしまうだろうけど……どうせならそれまでにはエンドルド辺境伯と面会をして、保護とかを取り付けておきたいな。

「そして私がシャノン、この対グリフォン部隊のリーダーを務めさせてもらっている」

僕がグリフォンを相手にアイビーがどこまでやっていいものかと悩んでいると、テーブルの一番奥、入り口の僕とは反対の位置にいる女性から声をかけられる。

なんだか露出度の高い装備をした美人さんだ。

こういうのたしか軽戦士っていうんだっけ？

身軽さを重視して、手数とかで勝負するタイプの前衛だったはず。

着ている鎧は胸や腕等のパーツごとに固定されているだけで、二の腕とかへそとかが丸見えになっている。

自分の身体に恥じるところなどないとばかりに、シャノンさんはその肢体を惜しげもなく晒している。

いた。

彼女がこの場所にいる唯一の一等級。

ソロでランクを駆け上がり続けた『迅雷』のシャノン。

この街でいちばん有名な冒険者だ。

前衛だというのに、他の人達と比べると身体が小さい気がするけど……見た目だけで判断すると痛い目に遭うんだろうな。

実はものすごい筋肉を、魔法か何かで内側にでもしまっているのかもしれない。

そんな魔法があるのかどうかは、知らないけど。

こうして僕達は全く歓迎されないということも、『おいおい、世間知らずのガキはママのおっぱいでもしゃぶってな』的な手荒い歓迎を受けるようなこともなく、結構すんなりと受け入れられた。

もしかしたら事前に、アンドレさんあたりが話を通してくれたのかもしれない。

それかアンドレさんと戦った時の情報を聞いて、皆が有用だと判断してくれたりとかするのかも。

どちらにせよ、僕達はまだ冒険者のイロハも知らないぺーぺーだ。

あまり損な役回りを受け持ったりしないようにだけ気を付けて、あとはシャノンさんの話を聞くことにしよう。

「まずこの中でグリフォンと戦ったことある奴はいる?」

シャノンさんの質問に、何人かの冒険者が手を挙げる。

アレクさんに、こちらも二等級のリーダーのエレノアさんに、アイビーと……アイビー!?

アイビー、グリフォンと戦ったことあるの!?

僕、初耳なんだけど!

どうやらアイビーが手を挙げたのに気付いたのは僕だけだったみたいなので、急いで下げさせて話を聞くことにした。

「みぃ……」

アイビーがあれは強敵だった……みたいな感じで遠い目をしながら、シブい声を出す。

……なるほどね。

グリフォンと戦ったことがあるなら、そりゃギルマスからの依頼を断ろうとしてた僕を止めるか。

でもアイビー……勝ったの、グリフォンに?

一等級の、メチャクチャ強い魔物なんでしょ?

「みーみー」

当時、まだ小さかった私だと追い払うのが精一杯だった。

でも今の私なら、難なく倒せる……だって?

それはなんとも……頼もしいね。

もしかして、以前何度かあった、何にもしてないはずなのに疲れて眠ってた時とかってさ。

僕が知らないうちに、魔物と戦ってたりしてたのかな?

というかさ、活躍しすぎると目を付けられて……って考えてたけど。

さすがに一等級の魔物をどうにかできるくらいの強さがあるなら、隠すよりも出した方が色々と都合がいい気がする。

今後のことも考えると、アイビーの力をこれでもかって見せつけて周知させた方が面倒はないんじゃないだろうか。

下手に隠して犠牲を出して後で批難されるくらいなら、そっちの方が絶対いい気がする。

一等級の魔物をなんとかできるってことは、アイビーには一等級パーティーくらいの力があるということになる。

回復魔法という爆弾になりかねない要素を抱えてはいるけれど、ギルドもエンドルド辺境伯も、それだけ強力なアイビーをそう簡単に手放そうとはしないはずだ。

だとすればあとはどうやって彼女の力を示すかだけど。

でもいきなりアイビーだけでなんとかしますじゃ納得しないだろうし、信じられないだろうから、ここは、うーんと……。

「だからここで前衛のマークとトゥエインが……」

「あ、あのっ、すみません！」

シャノンさんはグリフォンの経験者から意見を募り、前衛後衛をどう分けて、効率的にグリフォンを相手取るかという話をしていた。

そんな大切な話し合いを遮るのは申し訳なかったけれど、僕は声を出す。

「……できれば話を最後まで聞いてからにしてほしかったけど、何？」

「アイビーが、グリフォンを引きつける囮（おとり）になれると言っています」

「囮に？」

「はい。彼女が出せる障壁は、グリフォンの攻撃を止められます。一度戦ったこともあるので、間違いないそうです」

「ふぅん……試していい？」

「みー」

どうぞ、というアイビーの鳴き声の意味がシャノンさんに通ったのだろう。

「加速装置（グリッドギア）、二倍（セカンド）」

ガチリと彼女が歯を噛みしめると、まるで金属同士がぶつかる時のような硬い音が鳴る。

――瞬間、室内に一陣の風が吹いた。

ガインという何かがぶつかる音が聞こえたかと思うと、僕の肩に乗ったアイビーが、既に魔法を発動させていた。

僕の身体の周囲に半円の障壁が展開されており、その前には剣を構えたシャノンさんの姿がある。

今の一瞬のうちに、シャノンさんが僕に剣撃を放ち、それに対応したアイビーが障壁で僕を守ってくれたのだ……と理解できたのは、全てが終わってからだった。

「おいおい、あの亀シャノンの二倍防いだぞ。半端ねぇな」

「ねぇ見た、アノア？　あの亀、耐衝撃の障壁二重に張って、私達に余波飛ばないように配慮までしてたわよ」

「……いや、すごいね。ギルマスから聞いてたけど、ここまでとは」

聞いたことがある。

武芸の達人は、一度剣を打ち合わせただけで相手の力量を見抜けるって。

視線、動作、魔力の流れ。

そういった物を視(み)れば、何も言われずとも相手の全てを見透かしてしまうのだと。

ありがたいというか末恐ろしいというか、今僕達の周りにいるのは、全て一目見ただけで何かがわかってしまうような猛者ばかりだった。

僕には何が起こったのかさっぱりだったが、彼らは今シャノンさんとアイビーが交わした一瞬のやりとりによって、色々と察することができたらしい。

前衛も後衛も、皆がアイビーとシャノンさんを見つめて議論を交わしていた。

……少し手荒い証明ではあったけど、これでアイビーの障壁の有用性を示せたってことで、いいのかな？

「確かに、これが防げるならグリフォン相手でも一撃は防げる。持続時間と強度、展開範囲は？」

「みー」

「展開範囲は制限なし。同じ強度で数日間なら張り続けられるそうで……」

「嘘よ！　そいつは嘘をついてるわ！　そんなの教会の集団詠唱魔法でも無理なはず！」

「み」

『黙れ、小娘』と、アイビーは叫び声をあげた女の子に見せつけるように、大量の障壁を生み出した。

「なっ!?」

「……これは……」

天井、地面、人と人との間。

あらゆる場所にアイビーが出した緑色の障壁が現れ、淡く光を発し始める。

それら一つ一つが、先ほどの一撃を防いだものと、全く同じものであった。

あたかもこんなものを出すのに、苦労などしないと言わんばかりの行動だ。

そうまでして力を見せつけるだなんて、いったいどうしたのさ。

……もしかして、僕が嘘つき呼ばわりされたのが、嫌だったのかい？

……バカだね、ホントに。

そんなこと、いちいち気にしなくてもいいのに。

「加速装置、五倍(フィフス)」

バリバリバリッ！

さっきの攻撃を受け止めたのが嘘だったように、何か残像のような物が見えたかと思うと、周囲に展開されていた障壁が破かれていく。

視線を戻すと、向かいにいたはずのシャノンさんの姿が消えている。

……これが一等級冒険者の本気、ってことなのか。

彼女は最後の障壁をたたき割ると、すぐに元の場所に戻ってきた。

時間にして、数秒もかかっていないだろう。

驚くほどの早業だ。

アイビーとシャノンさんの視線が交差する。

「フッ」

「みっ」

なんだか互いに認め合っているような、ちょっといい雰囲気になっていた。

お互いの力を見せ合ったことで、打ち解けられたらしい。

ちょっと僕にはわからない世界の話である。

シャノンさんはパンパンと手を打って仕切り直す。

周囲に散らばった作戦概要や冒険者達のプロフィールの記載された紙を拾いながら、

「今までの作戦全部なしね、私とアイビーでやるから。この程度の依頼で怪我するなんて馬鹿らしいし、ちゃっちゃと終わらせるわよ」

さっきまでの話を一蹴するような意見の転換。

だけど文句を付ける冒険者は、誰一人としていなかった。

僕を糾弾してた、僧侶っぽい女の人も含めて。

きっと皆が今のやりとりを見て、彼女達の実力を感じ取ったからだろう。

よくわからないが、きっとそういうことなんだと思う。

間違いなく、この場所にいて一番浮いているのは僕だ。

なんだかよくわからないうちに、事態がどんどんと動いている気がする。

今回はアイビーもかなり積極的に、自分から動いてる。

どうやら彼女なりの考えがあるみたいだ。

……今回はもう、彼女の通訳に徹しよう。

きっとその方がいい結果になる気がする、力を見せるという僕の目的はもう達成したわけだし。

何より僕よりもアイビーの方が、頼りになるからね。

僕は皆とアイビーが行き違いをしないように、心を砕こうじゃないか。


グリフォンというのは、四足歩行の魔物だ。

体躯は三メートルほどもあって、身体の色は雪みたいに真っ白。

鳥の頭と獅子の身体という異形を持ち、翼が生えていて空を飛ぶことができる。

その爪は鉄を易々と裂けるほど力強く、ある程度成長すると口から火を吹いたりもできるようになるらしい。

グリフォンという魔物が一番厄介なのは、やはり空を飛べるという部分らしい。

ワイバーンよりも強くて、空の覇者とも呼ばれているんだって。

グリフォンを手懐けて、乗りこなした人間はグリフォンライダーとして英雄になったりできるらしいよ。

英雄譚としては結構有名な話なんだってさ……僕は聞いたことなかったけど。

でも実際問題、空高くからの一方的な攻撃はかなり凶悪だ。

手を出せずなにもできないまま壊滅、なんてパターンも結構多いらしいし。

だから一般的には、まず自分達を狙いに来たグリフォンが降りてきたタイミングを見計らってどうにかして翼を傷つける。

そして飛翔能力を奪われた手負いのグリフォンをなんとかして討伐するというやり方らしい。

一等級の魔物であるグリフォンの皮膚にはなかなか攻撃が通らず、魔法もその白い毛皮が威力を減衰させてしまう。

なので人海戦術でグリフォンが立てなくなるまで戦い続けるのが普通だと、そう聞き続けていたんだけど――。

「アッハッハ、こいつはいい！　空を駆けるのって、サイコーッ！」

「みみぃ！」

「クルウウウゥッ!?」

今空の覇者さんは、アイビーとシャノンさんによってボコボコにされていた。

僕達はそれを、顔を上に向けて呆けたように見つめている最中だ。

顔を上げて見つめている……ということからもわかるように、彼女達は空を駆けているのだ。

これがシャノンさんが提案して、アイビーが乗った作戦。

『グリフォンが空を飛んでるなら、そのまま空で戦えばいいじゃない』作戦だ。

アイビーには重力魔法という、物の重さを変える魔法がある。

彼女は今魔法を使い、自身の重量を極限まで軽くして宙に浮いている。

ただ重さがないだけなので、自由には動けない。

なのでアイビーは周囲を魔法障壁でがっちりとガードして、グリフォンの攻撃を完全に防ぎきっていた。

対してその相方であるシャノンさんは、重力魔法の効果を受けていない。

前衛職である彼女は、それでは攻撃ができなくなってしまうからだ。

「五段突き」

「グルルッ!?」

空で実力を発揮できないというシャノンさんの問題を解決したのは、アイビーの魔法障壁である。

グリフォンの爪を紙一重で避け、突きを叩き込むシャノンさんの足下には、緑色の光を放つ障壁がある。

今シャノンさんは障壁を足場として使い、十分な踏み込みをもってグリフォンに相対している。

アイビーは背中や足に目でもついているのか、縦横無尽に駆け回るシャノンさんに合わせ、しっかりと足場となる障壁を作っている。

凄い操作の正確さだ。

隣にいる、一昨日僕を嘘つきといった女の子（名前はミリアムさんというらしい）が、夢を見ていると思ったのか、しきりに目をごしごし擦っている。

きっと二等級の子から見ても、信じられないようなことなんだと思う。

「みぃ！」

アイビーの口元に魔法陣が展開され、彼女の身体の周囲に円を描くように魔法の矢が現れた。

火の矢、水の矢、光の矢、そして雷の矢。

合わせて四種類の魔力の矢が、数えるのも馬鹿らしいほど大量に並んでいる。

それらは、グリフォン目掛けてすごい勢いで飛んでいく。

軌道は同心円状に広がっているけど、狙いはしっかりと定められていた。

「クルルウッ！」

グリフォンが空を駆け、その攻撃の軌道から逃れる。

すると面白いように、魔法の矢が一つ残らず背を向けたグリフォン目掛け、攻撃の軌道を変えた。

今彼女が使っている魔法の矢には、その全てに追尾能力がついているらしい。

そんなものを全部につけるなんて、すごい手間なんじゃないかと思う。

すると逃げるのは無駄だと悟ったグリフォンが、その凶悪な爪で攻撃を防ごうとした。

毛皮より爪は、更に魔法に対する抵抗が強い。

攻撃を受けて立とうとしたグリフォンに当たる直前、矢が更に軌道を変化させる。

円を描きながら進んでいた矢は途中でカクカクと角張った動きをして、迎撃しようとするグリフォンを嘲笑うかのようにその全身へと狙いを変えた。

どうやらあれは追尾機能じゃなくて、一本一本をアイビーが操ってるみたいだ。

僕が知らないうちにそんなこともできるようになってたんだ、どんどん多才になっていくなぁ。

「クルルッ!?」

ズドドドドッ!!

グリフォンの全身が矢によって貫かれる。

その毛皮は魔法の威力を減衰はさせるけど、魔法そのものを無効化させるわけではない。

二度、三度と同じ場所に攻撃を受け続けるうちにダメージは蓄積されていく。

そしてアイビーの魔法の矢は、グリフォンの毛皮を飽和させてしまうだけの物量がある。

「はーい、胴体がら空きっ！」

魔法の矢をなんとか耐えきり、全身からブスブスと煙を出しているグリフォンの腹部に、階段のようになった障壁を駆け上がってきた、シャノンさんの突き出した剣が突き刺さる。

「クル……」

限界を迎えたグリフォンが、地に落ちていく。

全身は血まみれで、ドバドバと血が地面に流れ出している。

多分最後の突きが、トドメになったんだと思う。

「ねぇ、これ……私達、いる？」

「は、はは……わかりません」

驚きか呆れか、険が取れた僧侶のミリアムさん。

彼女に乾いた笑いを浴びせていると、グリフォンが僕達の目の前に落ちてきた。

空の覇者が、冗談みたいにあっさりと。

トドメをさしたシャノンさんも流石としか言いようがないけど、アイビーも大概だよなぁ。

一等級の魔物を一方的にボコボコにって……もう強さの底が見えないよ。

一体君はどこに向かおうとしてるんだい、アイビー？

全身から力を失ったグリフォンが大きな音を立てて地面に落ちる……直前、それを防ぐために一枚の障壁が現れた。

少しして、重さを取り戻したアイビーと障壁を伝って降りてきたシャノンさんがやってくる。

シャノンさんは、トドメをさすために首筋に剣を突き立てようと腰に手をやるが……。

「みー！」

「待って下さい！」

「む……わかった」

彼女の動きを、アイビーが制した。

死にかけのグリフォンに何をするのかと思ったら……えっ!?

アイビーはなんと、グリフォンに回復魔法をかけ始めた！

しかも使ったらマズい、傷を一発で治す上級の回復魔法だ！

一体どうするつもりなんだい、アイビー!?

「おいおい待ってくれよアイビー、なんでいきなり回復魔法を――って、これもしかして……上級か？」

「なぁおい、あれって……」

「うん、認めたくないけど上級の回復魔法。もう何あれ、ホントに亀なの？　亀の形したドラゴンとかでしょ絶対」

ああ、言わんこっちゃない。

近くで見てたシャノンさんも、少し離れたところで見てた二等級の皆も、一瞬で何が起こったのか看破してしまった！

あのギルドマスターとの戦いを見ることができていたのは、割と時間に融通の利く四等級以下の冒険者がほとんど。

実力者の間ではまだまだ眉唾な噂だった回復魔法が、これで公然の事実に変わっちゃったよ！

折角の回復魔法を手負いのグリフォンに使うなんて……一体、何を考えてるのさ!?

「みぃっ！」

いつの間にか、アイビーは身体のサイズを大きくしていた。

気付けばグリフォンの胴体を足で踏み潰せるサイズになっている。

彼女は自分の足をグリフォンの、治したばかりの腹に押しつけた。

「クルゥッ!!」

「みぃ」

グリフォンが手足を必死にばたつかせて逃げようとするが、アイビーの足が鉄の柱のように突き立っており、拘束から逃れることができなくなっていた。

多分重力魔法で、重さを増やしてるんだと思う。

何かをわめいているグリフォンには取り合わず、石のようにジッと動かないままのアイビー。

グリフォンを見下ろしたまま、真剣な表情をしている。

彼女は動くな、とグリフォン相手にプレッシャーをかけている。

何が起こっているのかちんぷんかんぷんな様子のシャノンさんが、近くに寄って耳打ちをしてきた。

「ねぇちょっと、何が起きてるのか教えてよブルーノ」

彼女はアイビーと意思疎通が取れるわけではないので、作戦の最中も何度かこんな風に僕に確認をしてきた。

今までだったら答えられたけど……彼女が何をしようとしてるのかは僕にもわからない。

アイビーは何をするかまでは、言うつもりはないみたいだから。

「……多分、グリフォンに何かするつもりなんだと思います」

「危険なこととかじゃ……ないわよね？」

「ないと思いますよ。アイビーは皆に迷惑をかけるような子じゃないです」

「そっか。じゃあ信じるしかないね」

そんな適当でいいのか、と思ったけれど。シャノンさんがアイビー達を見ている様子はひどく真剣だった。何かあれば飛び出して行きかねないと感じてしまうほどに。

そして剣の柄からは手を離しておらず、警戒態勢を解いていない。

もしかしたらアイビーと戦うことを想定しているのかもしれない。

そうなったら自分もただでは済まないと思っているからか、シャノンさんは明らかに顔を強張らせているように見える。

アイビーは意味もなく戦うような戦闘狂じゃないし、そんな心配しなくてもいいんだけどなぁ。

さっき一応説明はしたけど、やっぱり僕の言葉を完全に信じ切ってはもらえていないみたいだ。

冒険者っていうのは、それくらい用心深くないとできない仕事なのかも。

「み、みみぃみぃ」

「クルゥ」

アイビーは相変わらず足をグリフォンの腹に押し当てている。

何か問答をしているようにも思えるが……不思議なことに今の彼女が何を言っているのか、僕の頭でも理解ができなかった。

こんなの、初めてのことだ。

もしかしたら僕に聞かせたくないようなことを、アイビーはグリフォン相手にしているのかもしれない。

……ってことは今までアイビーの気持ちがわかってたのは、彼女が僕に魔法か何かを使ってたからってことなのかな？

たしかにたまに、ただの鳴き声にしか聞こえない時とかもあったし、聞こえたり聞こえなかったりしてたから不思議には思ってたんだけど……。

「みぃみぃ」

「クル、クルクルゥ」

というかさ、なんかアイビー……グリフォン相手に普通に話をしてるように思うんだけど。

魔物同士ってコミュニケーションとか、取れるの？

それともアイビーが特別なだけなのかな。

シャノンさん達が固唾を呑んで見守っていると、グッと突き込まれていたアイビーの足が引き抜かれた。

「みみぃ」

「クル、クルクル！」

彼女とグリフォンが視線を交わすと、パアッと明るい光が生まれた！

アイビーの体色のような藍色の光が、彼女とグリフォンの間に繋がって、一本の光の線になる。

眩しくて目が開けられないほどの強さだった光は、反射的に目が閉じるよりも早く消えた。

後には何事もなかったかのように佇む、アイビーとグリフォンの姿だけがある。

アイビーがこちらへ駆け寄ってくる。

「みぃ」

これで大丈夫、もうグリフォンは私の言うことを聞くからとアイビー。

グリフォンが、アイビーの背を追いかけてこっちにやってくる。

「グルグルゥ！」

《あっし、今日からアイビーさんの舎弟になるでやんす！》

……ん、あれ？

僕の頭がおかしくなったのかな？

今なんか鳴き声と同時に、聞いたことのない変な声が……。

《アイビーさんの家族って事は、あっしよりも格上。これからよろしくお願い致しやす》

……ダメだ、今度はさっきよりはっきりと聞こえてきちゃった。

しかも頭の中に直接、声が鳴り響いている。

最近ちょっと寝不足だったからなぁ。

僕は遠い目をしながら、空を見上げるのだった……。

「――嘘、これ……テイムの魔法……」

現実逃避をしてなんとかこの場をやり過ごそうとしたけれど、そんなことができるはずもなく。

目の前のありえない状況に目を向けまいと必死になっている僕を、シャノンさんの声が現実に引き戻した。

テイムってたしか……従魔師が魔物と意思疎通をするために使う魔法のことだよね。

たしかさっき、アイビーがグリフォンは私の言うことを聞くって……。

……え、ちょっと待って。

それってつまり……アイビーが、グリフォンをテイムしたってこと？

アイビー、とうとう従魔師（ティマー）になっちゃったの？

「シャノンさん、アイビーがグリフォンはもう私の言うこと聞くって……」

「……ゴメン、ブルーノ。私の頬思いっきり引っ張ってくれる？」

どうやら僕と同様未だここが現実なのか夢なのかわかっていない様子のシャノンさん。

彼女の頬を、言われるがまま引っ張る。

「痛い……やっぱり夢じゃないんだ。本当に……なんでもありすぎない？」

「あ、あはは、僕も今回はちょっとびっくりしました……なんかグリフォンの声聞こえてくるし……」

「えっ？」

シャノンさんが驚いて口を大きく開く。

その理由を問おうとするより早く、ブゥンという羽音のような音が聞こえてくる。

次いでやってきたのは、さっき見たのと同じ藍色の光。

その光は僕の身体からグリフォンに目掛けて伸びていた。

……実はまだ誰にも言ってはいないけど、僕はアイビーの力を使うことができる。

魔法の才能はないから、基本的に彼女の補助なしじゃ何もできないし、披露する機会もなかったしさ。

でも今回は、僕は魔法なんか使ってない。

なんで僕の意思とは無関係に、いきなり光が……？

しかもこれ、さっきアイビーが出してたのとなんだか似てるような――。

《お、ラインが繋がりやしたね。あっしはアイビーさんの従魔兼ブルーノさんの従魔ってことになりやしたんで、よろしくお願ぇしやす》

「……え？」

「みぃ」

精々扱き使ってやりなさい、的な感じでアイビーがあごをしゃくる。

《ひどいですぜ、アイビーの姉御！》

「みぃみぃ！」

『姉御って言わないの！』とアイビーは何故かぷりぷりし始める。

ああ、ダメだ。

情報量が多くて、僕じゃ処理しきれないよ。

今まではアイビーの声を理解してるだけで良かったけど、グリフォンの分が増えたことで倍以上内容が増えてる。

二人が話し合ったりするのも、全部聞こえてくるからさ。

それになんだか前と比べると、伝わってくる内容も具体的になった気がする。

さっき見たのと同じ光……僕の身体から飛んでいったテイムの魔法が、関係してるってことだよね。

成り行きでグリフォンをテイムしちゃったってことになるのかな、これって。

……って、待てよ？

アイビーはまだ等級とかも不明な魔物だから冒険者界隈以外では特に何も言われてなかったけどさ。

皆知ってる空の覇者、グリフォンを従魔にしたってのは……流石に問題じゃないか？

ヤバい。

何がヤバいのかを具体的に言葉にすることはできないけど、あまり冒険者の事情に詳しくない僕ですら、このままじゃマズいってことくらいはわかる。

僕は半泣きになりながら、隣に居て啞然としているシャノンさんの腕にすがりついた。

「どうしましょう……グリフォンテイムしちゃいました、助けて下さい……」

「……そんなお願い事をされたの、人生で初めてよ」

こうして僕達の対グリフォン作戦は、どかそうとしていたグリフォンが仲間に加わることで無事成功しましたとさ。

めでたくない、めでたくない。

畜生！

また問題が増えちゃったじゃないか！

で、でもこれからどうしよう。

アイビーがグリフォンをテイムしたわけで、アイビーを従魔師登録しなくちゃいけない？

それとも僕がグリフォンをテイムしたという扱いにして、なんとかアイビーのことを誤魔化した方が……。

あれ、でもアイビーはグリフォンを治す時、サラさんが人に見せちゃいけないって言ってた上級の回復魔法も使ってたし、意味はない……？

ぼ、僕は一体どうすれば……あわわわ……。

な、何から手をつけたらいいのか全然わからないよ。

「——ちょっと痛むわよっ！」

バチンッ!!

音が聞こえ、僕の視界にちかちかと星が飛んだ。

「あ、あ痛ぁっ!?　——はっ、僕は一体、何を……？」

何をどうすればいいかわからず半分飛びかけていた意識が戻る。

視界が真っ白になったかと思うと、次の瞬間には周りに緑の広がる草原に帰ってきていた。青臭い草の匂いの次に感じたのは、ひりひりとする頬の痛みだ。

さすってみると、大きく腫れているのがわかった。頑張って下を見てみると、左の頬が赤く腫れ上がってしまっている。

痛みは既に、ジンジンとしたものに変わってきた。前に歯を磨くのを忘れてた時、アイビーがしばらく治してくれなかったあの虫歯の痛みみたいだ。ちなみに僕はそれから、一日三回の歯磨きを欠かしたことはない。

「痛い……」

「痛むわよって言ったでしょ？　目は覚めたかしら？」

「はい、ありがとうございます……シャノンさん」

隣には、右手を振り抜いたシャノンさんの姿。彼女が気付けに、僕の頬を張ったのだ。

やり方はなんとも乱暴だけれど、たしかに左の頬の痛みは、僕を現実に引き戻してくれたので文句を言うわけにもいかない。

「みっ……」

アイビーは障壁を上手く張れなかったことにちょっとショックを受けているようだ。

今の彼女の表情と動きを一言で表現するなら、がびーんって感じだろうか。

《落ち込まないでくだせぇ、姉さん》

姉御よりちょっと言い方をやわらかくしたグリフォンがアイビーの背中を翼で撫でている。亀の甲羅をファサファサと翼で撫でるその様子はなんだかシュールだ。

落ち込んでいる様子のアイビーと合わせると、ちょっとコミカルにすら思えてくる。

「みいっ」

すぐに気を取り直したアイビーは収縮を使って、手乗りサイズになった。

《縮んだでやんす!?》

収縮の力を初見だったグリフォンが驚いている間に、アイビーが右肩に乗った。

そしてとんっと着地するのと同時、回復魔法を使ってくれる。

頬の痛みは一瞬で引き、腫れていた頬も完全に元通りになった。

あ、ありがとうねアイビー。立ち直り早いなぁ……。

「落ち着きなさいブルーノ。そうやって焦ってばかりいても、何も物事は解決しないわよ」

シャノンさんは肩に乗ったアイビーを見つめてから、人差し指を立てる。

本当に、彼女の言う通りだ。焦ってあわあわしてるだけじゃ、何も解決しないもんね。

「シャノンさん、まず問題になるのはどのあたりでしょうか?」

「ふふ、立ち直りの早さは冒険者に必要な資質のうちの一つよ。どうやらブルーノもアイビーと同様、冒険者としての資質は十分なようね」

アイビーは亀だから冒険者ではないと思うけど、どうやら誉めてくれているみたいなので細かいことは言わないようにしよう。

「まずは……いや、とりあえず今は細かい事情の説明は後にしましょう。そんなことより何より、しなくちゃいけないことがあるでしょ?」

「え、それって、一体……?」

疑問符を浮かべる僕に笑いかけてから、シャノンさんは右手をグッと上げた。

彼女の視線の先には——こちらを見て不安そうな顔をしている、冒険者の皆さんの姿。

——いけない、完全に忘れてた。

僕らの事情どうこうの前に、皆にことのあらましを説明しなくちゃ。

シャノンさんは全体が見えてるなぁ。

「ほら、行くわよブルーノ。何よりもまず最初にしなくちゃいけないのは、皆への事情説明。先のことを考えるより前に、足下をおろそかにしちゃ意味ないわ」

そう言うとシャノンさんは駆けだしていく。

一瞬のうちに、その姿は消えてしまった。

「は、早っ!?」

本気を出しても、全然追いつくことができずに距離が離れていく。

僕にできたのは、シャノンさんの後を必死になって追いかけることだけだった——。

シャノンさんの迅速な説明と有無を言わせぬ迫力のおかげで、冒険者の先輩方は何も言えず、ただ頷くことしかできなかった。

「ブルーノがこのグリフォンをテイムしたわ。悪いことは言わないから、そこまでで納得しておきなさい。あとのことはギルドマスターのアンドレさんと相談する案件だから、下手に首突っ込むとエンドルド辺境伯に潰されるわよ」

シャノンさんの言葉を聞いた冒険者達は、

「わ、笑えねぇ……」

「触らぬ神に祟りなし、だな」

「……ピッ（お口チャックのジェスチャー）」

といった感じで、皆本当に黙ってしまった。

絶対に聞きたいと思ってるだろうけど、本当にこちらに聞いてくる気配はない。つ、潰されるって一体どういう意味？

物理的にってこと？

豪快な人って話はゼニファーさんから聞いてたけど……エンドルド辺境伯ってそんなにヤバい人なのか……。

どどどうしようっ!?

僕このままだと間違いなく、エンドルド辺境伯に目をつけられるんじゃ!?

「みぃっ！」

何かあっても大丈夫と言うように、アイビーが顔を僕の肩に擦りつける。

それだけでさっきまで感じていた焦りは、どこかへ消えてしまった。

ありがとうアイビー。

そうだよ、よく考えれば元々辺境伯に目をかけてもらうつもりだったんだ。

それが早くなったと思えば、むしろプラスじゃないか。

「落ち着きが早いのはいいけど、落ち着かなくなる回数が多いのはちょっと問題かもね」

「う、すみません……」

「いいのよ、よく考えればまだ冒険者になってからほとんど日も経ってないんだし。今のはお姉さんがちょっと求めすぎちゃっただけ」

シャノンさんはそういってパチリとウィンクをした。

お、大人の女性だ……『ラピスラズリ』のエナさん達みたいなきゃぴきゃぴした感じとはまた違う。

「みいっ！」

「ちょっ、急にどうしたのっ!?」

さっきまで顔を擦りつけていたアイビーが、急にガジガジと甘噛みしてくる。

い、痛いってアイビー！

「みっ！」

知らない、という感じでそっぽを向かれてしまう。

もうっ、一体なんなのさ。

「とりあえず座りましょ」

「は、はい……」

現在、既に日は落ち始めており、街へ戻るのは翌日になってからにしようということになった。

他の人達もそれで文句はないようで、皆思い思いの場所でテント設営をしたり、火を囲んでいる。

中には何人か僕らと一緒に行動しているグリフォンの方を警戒している人達もいたが、シャノンさんが睨むと彼らの方から視線を逸らした。

しゃ、シャノンさんカッケー……。

とりあえず言われるがまま、地面に座る。

後で回復魔法をかけてもらわなくちゃいけないかもと思うくらいに、お尻に硬い感触が返ってくる。

《ふぅ、落ち着きやすねぇ……》

「ちょっと、どうして君はそんなに落ち着いてるのさ……」

グリフォンは伏せの体勢をして、なぜかすごいリラックスしている。

さっきまで彼のことをボコボコにしていたアイビーとシャノンさんがいるというのに、すごい胆力だ。

彼を引き連れている僕の方が、ずっとビクビクしているという……。

「さて、それじゃあちょっと真面目な話をしましょうか。ここなら誰かに聞かれる心配もないし」

色々と聞かれてはマズい話もあるからと、僕らのテントは他の人達から少し距離を取ったところにある。

僕とシャノンさん、アイビーとグリフォンという二人と二匹という状態でたき火を囲んでいる。

傍から見たらこの光景って、どんな風に見えるんだろう……？

「そもそも冒険者としてまず最初に考えなくちゃいけないのは、今回の依頼を成功させること。ブルーノは今回の依頼内容はちゃんと覚えてる？」

「えっとたしか……街道の行き来を邪魔していたグリフォンをどかすこと、ですよね」

今回の依頼はアクープの街に入れなかったり、逆に街から出ることができなくなっている商人達の連名で出されている。

討伐依頼ではないので、グリフォンをわざわざ倒す必要はないのだ。

生死は問わないし、そもそもどかしてくれれば後の素材も好きにしていいという話だった。

まあ依頼主の人達も、まさかグリフォンをテイムして帰ってくるとは想像してなかっただろうけど……。

「そう、だから依頼上は別にこのグリフォンを連れ帰っても問題ないわけ。なので普通に連れ帰ればいいわ」

「それで問題は起こらないんでしょうか……？」

「もちろん依頼主の中には納得しない人達もいるでしょうね。商人達は何回もこのグリフォンに荷物をダメにされてるから依頼を出したわけ。積み荷が魔物のせいで紛失しても、別に補償はあるわけじゃないからその分は丸損。下手をしたらそのせいで商会が傾いてる人達なんかがいたら、我が物顔でグリフォンを連れてきている男の子を見たら、平常心ではいられないでしょうね」

「君、そんなにひどいことしてたの？」

《弱い者が強い者に貢ぎ物をするのは当然っすからねぇ》

グリフォンに話を聞いてみると、どうやら積み荷を奪ったことは一度や二度ではないらしい。というか彼自身、それをまったくおかしなこととは思っていないらしい。

たしかに考えてみれば、彼は今まで弱肉強食の魔物の世界で生きてきたわけで。

きっとそこには人間の社会なんかよりずっと原始的な獣の論理、みたいなものがあるんだろう。

果たしてテイムしたはいいものの、このグリフォン、アイビーみたく街中で普通に生活することできるのかな……？

「でもそうなると、このグリフォンは一体どうするのがいいんでしょうか。テイムしたはいいですけど、自然に帰した方がいいですか？」

「テイムした魔物を放すのって、面倒な手続きが必要なのよね。処理でしばらく冒険者生活ができなくても構わないんなら、別にいいと思うけど……間違いなく面倒なことになるわよ」

《あ、あっし森に帰されるんですかっ!?》

森に帰すまでも面倒で、それまでグリフォンは飼ってなくちゃいけない。

その時に当然グリフォンを従える従魔師が僕であることは間違いなくわかっちゃうはずだ。

どうせ目立つのは変わらないのなら、わざわざ帰さなくてもいいとは思う。

人間界のルールに、このグリフォンが従ってくれるなら、だけど……。

「みぃっ！」

任せて、といった感じでアイビーがその小さな胸を張った。

どうやら彼女がグリフォンをしっかりと躾けるつもりらしい。

それなら心配はいらないだろう。

僕が気にしなくちゃいけないのは、むしろグリフォンを街中に引き連れることによって起こる色々な問題の方だ。

「というわけでブルーノ、お姉さんから一つ提案があるんだけど」
ピッと人差し指を立てるシャノンさん。パチリとウィンクをしながら首を傾げるその動作は、どこか愛嬌があり、普段のキリッとした様子とギャップがあって破壊力抜群だった。
そしてその提案には、更に破壊力があった。
「ブルーノ、もしよければ……伝説のグリフォンライダー、目指してみない？」

「グリフォンライダー、かぁ……」

シャノンさんが言うことには、グリフォンをテイムしたというだけでは問題が起こる可能性があるが、僕がグリフォンライダーになったとするとその問題が一挙に解決する可能性があるらしい。

僕としてはその説明だけだとよくわからなかったんだけど……シャノンさんの言葉にアイビーが頷いたり首を振ったりした結果、気付けば僕がグリフォンライダーになるという方向で話がまとまってしまっていたのだ。

僕の話のはずなのに、口を挟む余裕なんてなかった。頭上で勝手に話が進んでいっちゃうのは、なんだかなぁって感じだ。

アイビーが認めてるってことは、問題はないんだろうけどさ……。

詳しい説明を聞こうとしても、上手いことはぐらかすばかりで全然答えてくれなかった。

なので僕はこうして、ぶーたれながら、一人たき火をじいっと見つめているのである。

「教えてくれたっていいじゃないか」

たしかに僕は頼りないかもしれないけどさ。

でもなんだかもやもやする。どうしてこんなに釈然としてないんだろう。

「アイビーに頼られてないのが、納得いかないのかな……」

戦闘でアイビーに頼りっきりなのは、前からわかってた。

だからそれ以外の部分で頑張ろうと思ってたんだけどなぁ。

頼りっきりなのは嫌だ。

できれば頼られたいし、頼りたい。

お互いの背中を預けるような関係でいたいのだ。

「ブルーノ……眠れないの？」

「……シャノンさん」

既にアイビーが障壁を張っているため、今回依頼に参加している人達のテントは安全が保たれている。

だから不寝番というのは必要ないので、皆ぐっすりと寝ていても問題ない。

職業病なのか、完全にアイビーに信頼を置いているわけではないからか、離れたところにいる冒険者の先輩方はどうやら通常運転のようだけど。

「よっこら……せっと。ほら、そっちもっと詰めて詰めて」

「ちょっ、近いですって！」

何を思ったのか、シャノンさんが僕が座っているゴザに侵入してきた。

お尻が汚れないように持ってきたやつなので、サイズはそれほど大きくない。

二人で座ろうとするとかなりキツキツになってしまい、お互い密着しなければ厳しい状態だった。

ちょっ……近い、近いですって、シャノンさん！

「うりうり」

「ほっぺたツンツンしないでください！」

「こちょこちょ」

「あ……あはははははっ！　やめてくださいってば！」

ほっぺを触られたり脇腹をくすぐられたり。

シャノンさんに好き放題された僕は、笑い転げながら地面に倒れ込む。

「はあっ、はあっ……」

「あー、楽しかった」

ひとしきりいじって満足したのか、シャノンさんが離れた。

別に足を出せば問題なく二人で座れる大きさなんじゃないか……この人、本当に僕をからかって遊んでいたみたいだ。

「ちょっとは気が晴れた？」

「え？」

「さっきからずっと、暗い顔してたもの。冒険者稼業はメンタルの調整も大切なんだから」

どうやらただからかっていただけじゃなくて、僕のことを考えてしてくれていたらしい。

卑屈になっててごめんなさい。そしてありがとうございます、シャノンさん。

「ストレス発散でいいのは、やっぱり男なら飲む打つ買うね」

「飲む打つ買う……ですか？」

「酒を飲むこと、博打を打つこと、女を買うこと。その日暮らしの冒険者は基本この三本柱で生きてるわ」

「ダメ人間の典型じゃないですか……」

僕はまだ、三つともやったことがないな。それにやりたいとも思わない。

ギャンブルをやって身を持ち崩したくないし、お酒を飲んでいる大人を見ているとどうにも飲む気になれない。そして女性を買うって……そういうのは好きな子とするべきだと思うし。

「でも子供のブルーノにはまだどれも早いでしょ？　それならせめて笑わせてあげようかと思って」

「僕は子供じゃないですよ……」

「そういうところが子供なのよ」

そう言って笑うシャノンさん。

さっきまでとは違う、妙に大人びた笑みだった。

今の彼女みたいな表情を、今の僕はまだ作ることはできないだろう。

ということはシャノンさんが言っているように、僕はまだまだ未熟な子供なのかもしれない。

……あまり自分で認めたくはないけれど。

「一体何に悩んでたの？　青少年の悩み、このシャノンさんが解決してしんぜよう」

茶化しているのか本気なのかわからない、妙にとらえどころのない人ではあるけれど。

それでもこの胸の中の気持ちを一人で抱えるより、誰かに言った方が楽になれるかもしれない。


僕はシャノンさんに話を聞いてもらうことにした。

アイビーに全てを任せっきりな状態になんとも納得がいっていないのだという漠然としていて要領を得ない話を、シャノンさんは僕の目をまっすぐ見つめて、真剣に聞いてくれた。

「ふむ、なるほどね……」

話を聞いている最中、ずっと僕を見つめていたシャノンさんが顔を上げる。

僕も釣られて顔を上げてみると、そこには満天の星が広がっていた。

よく自分の悩みなんて星空と比べたらちっぽけだっていう表現をすることがあるけれど。

僕はまったくそうは思わない。

その人はきっと真剣に悩んでいて。それに対して自然がどうこうっていうのは、なんだかズレているというか、的外れなものにしか思えないのだ。

「少し自分語りしてもいいかしら?」

「あ、それはもちろん」

僕も自分のことばっかり話してしまっていたので、それに関しては本当にウェルカムだ。今度は僕が聞く態勢になる番である。

「私も前は、自分にどんなことだってできると思ってた時期があったわ。けど一等級になった今だからこそ、こんな風に思うの。人は全てを一人でこなせるほど有能でもどんなものでも倒せるほどに強くもないって」

シャノンさんは膝を抱えながら、ポツポツと話し出した。

一攫千金を夢見て田舎を飛び出し、冒険者になった十五歳の頃の話や。

依頼を受けていくうちに感じた挫折、それでも必死に頑張りなんとか等級を上がっていった話。

昔見ていたような夢物語とはずいぶんと違う世界で、泥臭くもしぶとく生き延び続けてきたシャノンさんの話には、たしかに華やかさはなかった。けれどそんな風に地に足をつけた彼女の生き方が、何よりもまぶしく思えた。

「人って案外脆い生き物よ。私より才能がある人だっていたし、私が敵わないと思った人も何人もいた。けれど今こうして一等級冒険者として活躍ができているのは、私だけ」

「なるほど……」

一線級で生きてきたいわゆるプロフェッショナルの人の話というのは、想像もつかないような出来事の宝庫だ。

それが僕がこれから飛び込んでいくことになる冒険者の世界ということもあり、親近感も湧いてくる。僕は気付けば、シャノンさんの話に聞き入ってしまっていた。

「――っていけない、ちょっと私が話し過ぎちゃったわね」

「いえいえそんな！　後輩からするとためになる話ばかりでした」

「そう？　……ブルーノは話を聞くのが上手いのね。気付けばいらないことまで話しちゃった気がする」

そう言ってはにかむシャノンさんは、かわいらしかった。女性としての一面だけではなく、女の子としての側面も併せ持つ。

シャノンさんを冒険者の先輩としてだけじゃなくて、異性としても見てしまいそうになるほど、僕の胸はドキッと高鳴った。

「……どうかした、ブルーノ？」

「な……なんでもありませんよ？」

「どうして疑問形？」

まあいいか、といって再度空を見上げるシャノンさん。

さっきまで月光を降り注いでいた月は雲に隠れて陰り、星々の緩い光がじんわりと僕らを照らしてくれていた。

「まあ何が言いたいかっていうと、完璧な人間なんかいないってこと。そして当たり前だけど……完璧な亀もいないってことよ」

「シャノンさん……」

「アイビーはなんでもできるかもしれない。グリフォンを倒せるくらい強いのかもしれないし、神聖教の人間が目の色を変えるような回復魔法も使えるのかもしれない。それでも彼女は決して万能の存在じゃない」

　アイビーがなんでもできるわけじゃない。

　そしてアイビーは完璧な存在じゃない。

　シャノンさんに言われて初めて僕は、そんな当たり前のことに気付くことができた。

（そうだ……アイビーは強くてかわいいけれど、繊細な子じゃないか）

　彼女は母さんに化け物と言われるだけで泣いてしまったり、それ以降誰かに心ない言葉を投げかけられることがトラウマになっていたり……決して何があっても折れない心の強い子じゃない。

「きっとアイビーも、あなたに助けられてるところがあるはずよ。さっきも言ったけれど、基本的に人は誰かの支えなしでは生きていけない。人だって亀だって、孤独は寂しいものよ。何が起こっても、この人だけは側にいてくれる。そう思わせてくれる人が一人いるだけで、一体どれほど心が救われることか」

　僕がいるだけで、アイビーの支えになれている。

　そう言われると、なんだかスッと胸のつかえが取れた気がした。

　もちろん今後もアイビーの隣にいるために、頑張らなくちゃいけないのは間違いないんだけどさ。

　でも今の僕でも、アイビーの隣にいてもいいのだと、そう認めてもらえたみたいで。

「どう、お姉さんのお悩み相談は、悩める思春期の子羊を救えたかしら？」

「はい……ありがとうございます」

今までこんな風に、悩みを話せる人はいなかった。

シャノンさんは忙しくて国中を飛び回ってるって話だけど……また機会があったら、話を聞いてもらいたいな。

「さて、明日も早いんだからそろそろ寝なさい。私も寝るわ」

「おやすみなさい、シャノンさん」

「うん、おやすみ、ブルーノ」

シャノンさんと別れ、テントへ向かう。

《むにゃむにゃ……もう食べられないでやんす……》

外ではグリフォンが寝言を言いながら、ぐっすりと眠っていた。

そして中へ入ると……。

「みぃ……」

どうやら僕のことを待っていたらしいアイビーが、僕のことを上目遣いで見つめていた。

さっきまでなら素直になれなかっただろうけど、悩みを聞いてもらえたおかげで、今の僕は胸が空いている。

アイビーの丸くてかわいい頭を優しく撫でて、

「これからもよろしくね、アイビー」

ゆっくりと笑いかける。

するとアイビーはちょっとだけきょとんとしてから……。

「――みいっ!!」

そういって元気に鳴くのだった――。

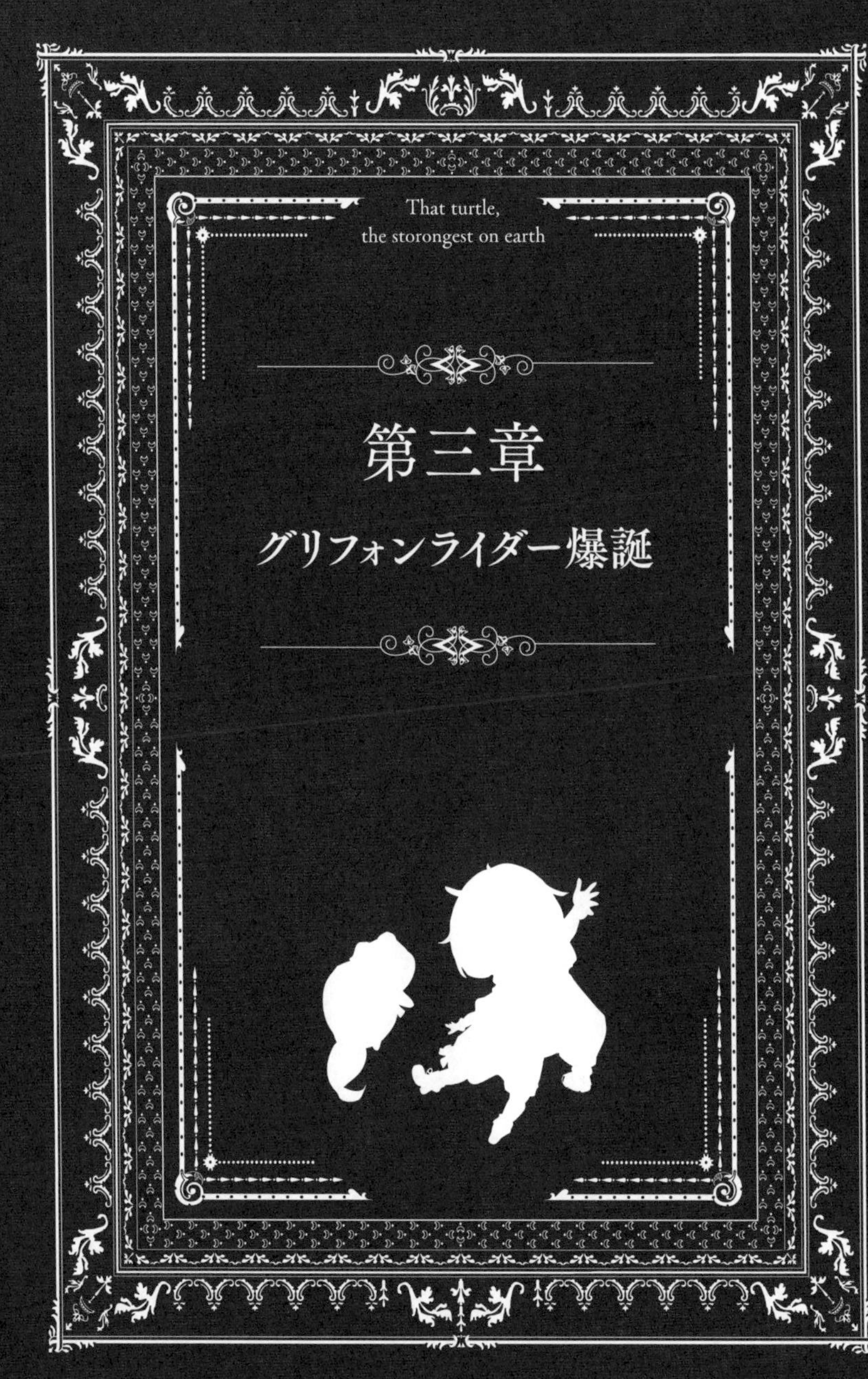

That turtle,
the storongest on earth

第三章

グリフォンライダー爆誕

僕は一足先に、アクープの街へ戻ってきた。

どうやって来たか、知りたいかい？

それはきっと今僕の眼下にいる人達の反応を見れば、わかると思うよ。

「ちょ、おいっ、グリフォンが街まで来やがったぞ!?」

「どうなってやがる、ギルドの連中何やってんだ！　金出した分くらい働きやがれ！」

《これからあっしを従魔にするブルーノさんが普通に帰ったんじゃつまらないでしょう。任せて下さいよ、一つド派手に空から凱旋致しやしょうや》

そんな意味のわからない自信を持ったグリフォンと、それがいいとコクコクと首を動かしていたアイビー、どうせやるならド派手にいっちゃいなさいとなぜかすごい乗り気になっていたシャノンさんに言われるがまま、僕は今空路で街へとやって来ている。

しっかりと門の手前で降りたっていうのにこの騒ぎだ。

グリフォンが言っていたように、街中に飛び降りてたらどうなっていたことか。

僕はグリフォンから飛び降りて、距離を取ってから通用門にいる衛兵や並んでいる商人達の方へ大きく手を振った。

「安心して下さーい！　冒険者ギルドのものでーす！　危険はないでーす！」

大声で必死に伝えると、どうやら伝わったようで臨戦態勢だけは解いてくれた。

僕はゆっくりと彼らに近付いていき、事情を説明する。

グリフォンをテイムしたので、空から街へやって来たということを、アイビーのこと抜きで話したのだ。

「グリフォンを……テイムだと？　その証拠はどこにある？」

「伏せ！」

《へい！》

と元気よくグリフォンが伏せをした。

おおぉ、という声にならない感嘆のようなものが各所から上がる。

「グリフォンをテイム……」

「グリフォンライダー？」

「「本物の、グリフォンライダーだ!!」」

恐がっていた人達もグリフォンが手懐けられたものだとわかると、態度をころりと変えた。

残っている恐怖のせいで感覚が麻痺しているのかもしれないが、彼らは皆僕の方を見て目をキラキラさせている。

ご神体とかを見るときのような、神々しいものを見るような目だ。

いやいや、凄いのは僕じゃなくてアイビーだからね？

やったの全部、彼女だから。

でも街の皆にそれを言って、アイビーが不遇を強いられても嫌だから言えない。

なんというジレンマだろう。

アイビーもシャノンさんもこんなものを味わわせるために、僕にグリフォンと一緒に行けなんていうむごいことを言ったんだろうか。

「とりあえずギルマスへ事情を説明したいんで、入ってもいいですかね？」

「……ああ、だがさすがにグリフォンは街へ入れられんぞ？　多分そんなことしたら、物理的に俺の首が飛ぶからな」

「じゃあ適当にそこら辺で待っててもらいます」

「その方がいいだろうな。できるなら馬の見えないところまで行かせてくれると助かる。グリフォンなんて強力な魔物がいたら、怯えてまともに動けないだろうからな」

僕はグリフォンに適当に隠れててと告げ、肩にアイビーを乗せたままギルドへ向かった。

あまり人の気配とかに敏感ではない僕だけど、歩いているときに、背中に尋常ではない量の視線を浴びせられてるのがわかった。

……や、やりにくいなぁ、なんとも。

こういうの慣れてないからさ。

僕は今、グリフォンが出たらしいと騒然としている冒険者ギルドへ赴き、もう慣れた道のりを辿ってアンドレさんへ会いに行った。

疲れてるし、正直もう帰って寝たい。

ずっと、あり得ないことの連続で僕はもうパンクしそうだよ……。

「……で、アイビーが何故かグリフォンをテイムした、と」

「……はい。それでなんか流れで、僕の従魔にもなっちゃいました」

「なんだよ流れって」

なんだよって言われても……本当に流れみたいなものだったんだよなぁ。

僕がなんにもしてないうちに、気付いたらそうなってたんだもん。

「今はアクープの街周辺で待ってるように言い聞かせてます」

「お前……グリフォンにしっかり言い含めとけよ。城壁にグリフォンが爪立てたって今マジの騒ぎになってるんだぞ」

……もっと詳しい説明をしておくべきだったかもしれない。

グリフォンは人間と常識が違うんだから、ただ待ってろって言われてもその意味も違うはずだもんね。

人に見えない場所でずっと待ってろって言わなくちゃいけなかったんだ。

アイビーに慣れちゃってるから、僕は普通の従魔師（テイマー）のやり方とかがよくわかっていない。

一度先輩従魔師の人に話を聞いてみた方がいいかもしれないな。

「まぁそれはあとで止めさせればいいとして……なんでこんな大事になるのかねぇ。グリフォンどかすのもまぁまぁデカい話だが、そんなもんじゃ済まされないぞこれは」

やっぱり、そうだよね。

グリフォンをテイムしたってのは、得体が知れないアイビーを従魔にしてるっていうのとはベクトルの違うヤバさがあるもんなぁ。

アイビーは小さくなれるから宿屋にだってペット同伴扱いで入れるくらいだけど、グリフォンなんて馬鹿でかいし見ただけで速攻わかるフォルムをしてるし。

何よりグリフォンに乗ってきた僕は、傍から見たら完全なグリフォンライダーなわけだ。

実情はおこぼれでグリフォンを従えてるだけの、ハリボテ新人冒険者だっていうのにね。

「お前グリフォンライダーが最後に出たのいつだか知ってっか？　二百年前だぞ」

「に、二百年……」

「グリフォンをテイムするなんて、おとぎ話とか伝説とかの領域に頭突っ込んでるんだ。お前……もうアイビーの通訳ってだけじゃいられなくなるぜ？」

「な、なんとなくそんな感じはしたんですけれども……」

アイビーもシャノンさんも、僕にやれってせがむんだもん。

きっとそれにだって理由はあるとは思うよ？

例えば……僕という人間に対して、なんらかの実績を付けるため、とかさ。

僕がただアイビーの通訳をするだけっていう役回りをこれからも続けていくなら、いずれ僕じゃなくて他の、もっと頼りになるような奴でいいじゃないかって話になるかもしれない。

そういうことを警戒してるんじゃないかな。

でもやっぱり、僕には荷が重い気がするよ。

だって僕には、ちょっと剣術が達者な子供に負けるくらいの実力しかないわけで。

……だけど、わざわざこんなことをやれって伝えてきたってことはさ。

アイビーももっと僕に頑張れって、そう思ってるって事なんだよね。

だったら僕も、前に進まなくちゃ。

いつまでも同じところに立ってる事は現状維持じゃなくて後退だと、僕は思うから。

「僕ってこれからどうなると思います？」

「『一等級のグリフォンをテイムした史上最強の従魔師(テイマー)』、『アクープの街から生まれた新たなグリフォンライダー』、『グリフォンを従えるアクープ最強の冒険者』……どれがいい？」

「……どれも嫌ですねぇ。亀と一緒にお昼寝してる四等級冒険者にはなれないものでしょうか」

よくよく考えてみると、僕達がアクープの街に来たのって普通の生活を送るためだったはずだよね。

でも冒険者になって、何故かアンドレさんと戦ったり、グリフォンを仲間にしたり……普通とはどんどんかけ離れていってしまっている。

グリフォンをどかすという依頼は達成したわけだからその分の報酬は払われるはずだし、しばらくはのんべんだらりとどこかでゆっくりしたいなぁ。

あ、そういえばアイビーやシャノンさんが言ってくれなかった、僕がグリフォンライダーになれば全部が解決する理由。ギルドマスターのアンドレさんなら想像がつくかもしれない。

思いついたので聞いてみると、アンドレさんは特にぼかしたりすることもなく教えてくれた。

「そりゃお前、簡単な話さ。損をこいた商人を納得させる方法はただ一つ――そいつにそれを上回る利益を得られるチャンスを与えることだ」

「つまり……どういうことですか?」

「お前が客寄せになってアクープの街がにぎやかになれば、それによって得するチャンスが増える。結果的に荷物を失った分を補えるくらいの利益が出せるチャンスが転がってるなら、商人達もお前なんかにかまける余裕もなくなるってわけさ」

どうやらグリフォンと僕を使うことで、商人の人達にお金儲けをさせて、全てを有耶無耶にしてしまおうということらしい。

多分アイビーは僕が目立つのとか好きじゃないことを知ってたから、ギリギリまで教えてくれなかったんだろうなぁ。

はぁ、どうしてこんなことに……。久しぶりにアイビーとひなたぼっことかしたいよ、今度はグリフォンも一緒だけどさ。

……けどどう考えても、そんな風に過ごせるのはまだまだ先の話になっちゃいそうだ。

「まぁこうなった以上、ただの冒険者でいるのは無理だぁな。どっかでドカンと稼いでよ、有事の際以外にはのんびりしてるみたいな生き方するしかねぇんじゃねぇの？　俺もまだ伝えてないんだけどよ、多分あいつはもうお前に接触しに来る頃だと思うぞ？」

アンドレさんがあいつ呼びする人間を、僕は二人しか知らない。

一人目はもちろん、僕に色々な事を教えたり、面倒を見てくれたりしたゼニファーさん。

そしてもう一人は……。

「みぃ」

何か来る、というアイビーの鳴き声に思考が中断される。

一体何が……と身構えていると、カツンカツンと応接室の窓に何かが当たる音がした。

窓ガラスの向こうを見ると、大きなフクロウの目がこっちを見つめている。

それを見てアンドレさんは、はははぁと変な笑い声を出した。

「あいつはいっつも情報早いからなぁ。もう来たみたいだ」

彼が窓を開くと、フクロウが中へ入ってくる。

その足には、小さな紙が結ばれていた。

鳥を使ってやりとりする手紙だ。

有事の際なんかに使われる通信手段の一つだと聞いたことがある。

アンドレさんはふむふむと読みながら、頷いている。

ということはやっぱり、あの人からの手紙か。

ってことはこれから衛兵さんに手紙を渡す意味も、なくなってしまったかもしれない。

彼は手紙を読み終えて、胸ポケットにしまってから僕達の方を向いた。

そしてなんだか気の抜けた顔をしてから、くたびれた様子で、ソファーにだらっと身体を預ける。

「なんであいつはこう早急かねぇ……。おい、ブルーノとアイビー。お前らは領主権限で今日から三等級だ」

冒険者になってまだ一週間も経っていないっていうのに怒濤の昇格だ。

三等級からは指名依頼、及び強制依頼という種類の依頼が増える。

指名依頼というのは誰かから、ギルドに手数料を支払う形で直接受ける依頼。

強制依頼というのは、三等級以上の実力がある者に対し、戦争や災害等での必要性から発注される、断る権限がこちら側にない依頼のことだ。

強制依頼自体は出されれば他国に冒険者が逃げたりするので、まず出されることはないというのは、僕でも知ってるくらい有名な話だ。

でも、もう三等級か。

なんだか、驚くのにも疲れてきちゃったよ。

アイビーと視線を交わす。

最近毎日忙しないねぇ、もうちょっとゆっくりしたいねぇ。

何も言わずとも、僕達二人の気持ちは通じ合っていた。

どうやら彼女も、慌ただしい毎日に少々嫌気を感じ始めてるらしい。

やっぱり似たもの同士だね、僕ら。

でも驚き慣れたはずの僕も、流石に次のアンドレさんの言葉には驚愕せざるをえなかった。

「そんでお前らに早速の指名依頼が来た。エンドルド辺境伯の三女、エカテリーナの護衛をしてくれ。『我が街から出た新たなグリフォンライダーに、娘の警護をお願いしたい』って、領主からの直々の依頼だ。……ったく、情報早すぎんだろ、あいつ」

明けて次の日。
本当なら手紙を持ってきて衛兵の人に渡すだけだったはずなのに、どうしてこんなことになったんだろう。
僕は世界を嘆き、悲哀を滲ませながら、エンドルド辺境伯の本邸へとやって来ていた。
アクープの街は中央部に貴族街と呼ばれる裕福な層の人間が、その外縁上にそれ以外の人間が住むような円形の街になっている。

辺境伯の本邸はその中心部、両者の間を取り締まる衛兵さん達のところを越え、更に奥まで行ったところにある。

そんな金持ちの中でも特に金のある人達のいる場所に、僕はアイビーとグリフォンと共に来るように命令されていた。

《皆見てきやすね……とりあえず処しやすか？》

相変わらず弱肉強食の価値観が抜けないグリフォンが、ぺろりと舌なめずりをする。

「みぃっ！」

《い、痛いでやんす！　わかってますってば、そんなことしないでやんす！》

そんな物騒なことを言うもんじゃないと、グリフォンの方がアイビーに処されていた。

どうやら以前言っていたように、アイビーはしっかりとグリフォンを躾けることができているようだ。流石だね。

でもグリフォンが言っているように……たしかに沢山の視線を感じるなぁ。あんまり居心地がいいものではない。

ストレスで胸をむかむかさせながら慣れない綺麗な道を歩いていくと、衛兵の中でも偉いらしい、赤い兜飾りを着けている隊長さんがやってきた。

「こちらです」

彼の先導に従い、大通りを歩いていく。

すると事前に情報が行くようにしてあったからか、色んな人間が僕達の方を見てくるのだ。

身なりがいい人間も多いが、そうでない人間も結構いる。

貴族の雇っている使用人や、貴族を守るための冒険者のような人達だろう。

明らかに戦闘用の鎧を着けている冒険者の先輩が、こちらを見て苦い物を食べたような目をしていた。

暴れてくれるなよ、という気持ちがこちらにまで伝わってくる。

多分、いざとなった時に僕達を止めるようにでも言われているんだろうな。

どうやら辺境伯は、僕が屋敷に来るって事を皆に周知させたいみたいだ。

派手好きなのか、それとも話題の中心に自分がいたいタイプなのか、はたまた何か狙いでもあるのか……まだわからないな。

「みー」

肩に乗るアイビーは人が沢山いるからか、少し疲れた様子だ。

人混みってどうしても気疲れするからね、わかるよ。

辺境伯……初めて会うけど、一体どんな人なんだろう？

「もっふもふなのじゃー」

今、僕はグリフォンに抱きつく少女を見つめている。

溶かしてから冷やしたガラスみたいな、光沢のある金髪をした女の子だ。

彼女はその青い目をキラキラと輝かせながら、臆することなくグリフォンへと抱きついている。

着ているのは目の色に合わせた真っ青なドレス。

まだ暑いからか、パレオみたいに裾が少しだけ短くなっている。

——まずはどうしてこうなったのか、僕の置かれた状況を説明しようと思う。

ここからは辺境伯の土地だと言われ、僕はグリフォンとアイビー同伴で門から中へと入った。

そこに広がっていたのは庭と呼ぶにはあまりにも広すぎる、草原のような広大な空間。

どうやらこれら全てが、辺境伯の私有地であるらしい。

入り口からしばらく歩くと、ようやく屋敷のようなものが見えたので、とりあえずそこ目掛けて歩いていくことにした。

贅沢な土地の使い方だなぁ。

でもこんな風にできるってことは、土地が余ってるってことだよね。

それなら僕達も、庭付きの家とか買えるんじゃないかなぁ。

一体いくらぐらい有れば土地が買えるんだろうとゆるーく考えていたら……何故か途中で少女に

エンカウントしてしまったのだ。

彼女は僕達を見つけると元気に、目を期待に輝かせながら走ってきた。

そしてそのまま、タックルするかのような勢いでグリフォンへと抱きついた。

……というのが、今までのざっとした流れである。

《だ、抱きつかれたでやんす!?》

グリフォンが困り顔でこちらを見上げてくる。

困ってるのは僕も同じだけど、とりあえず釘を刺しておかなくっちゃ。

「食べちゃダメだよ、傷つけたりするのもダメだからね」

《……難しい注文でさぁ。でもあっし、ブルーノの兄貴のためならやってみせますとも》

グリフォンが話している声は、他の人達にはグルグルッというグリフォンの獰猛な鳴き声に聞こえているはずなんだけど、女の子の方に動じている様子はない。すごい胆力だ。

そしてグリフォンも僕に命令された通り、大人しく抱きしめられている。

ちなみに僕が手を出したらダメだと言った理由は簡単だ。

辺境伯の本邸にいる、明らかに高そうなドレスを着ている少女。

その存在がどういう人物なのかは、大体の想像がつくからね。

「あの、すみません。エンドルド辺境伯の御息女の方でお間違いないでしょうか？」

「……こほん、いかにも。妾（わらわ）はエンドルド辺境伯が三女、エカテリーナである。英雄殿に会えたこ

と、誠に光栄に思うぞ」


どうやら彼女が、今回護衛を依頼された対象である三女エカテリーナらしい。

どんな子だろう、あんまり魔物に拒否感とかないといいな、とは考えていたけれど……思ってたより、ずいぶん若い。

年齢は……十二、三歳じゃないか？

多分まだ成人はしてなさそうな見た目だ。

彼女はわざわざ咳払いをして、今したことをなかったことにしたいようだった。

そんなことしても、今ノータイムでグリフォンに抱きついていた事実は変わらないと思うんだけど……まぁここは、乗っておいてあげようかな。

僕の方が年上だと思うしね。

……というか、英雄殿？

なに、その大層な呼び名。

もしかしなくても……やっぱりそれ、僕のこと言ってるよね？

「当たり前じゃ！　今をときめくアクープの英雄！　人に迷惑をかけていたグリフォンを懲らしめて、改心させ、自分の従魔にして従える。そんな英雄譚にときめかない女子(おなご)など存在せぬ！」

そ、そんなことになってるの？

……もう恥ずかしくて、アクープの街をうかつに出歩けないよ。

アイビー、やっぱりグリフォンに乗ってやってくるっていうのは、いくら演出だとしても、ちょっとやり過ぎたんじゃないのかな。

「みー」

そんなことないという感じで、アイビーがフリフリと首を横に振る。

どうやらアイビーからすると、こんな事態も想定内らしい。

……君はいつだって自信たっぷりで、本当に羨ましいよ。

ちょっとはその自己肯定感を、僕にも分けてもらいたいくらい。

アイビーと話をしていると、グリフォンを愛でることを止めたエカテリーナ様が、その宝石みたいに輝く瞳を僕の方に向けた。

う、うわ……や、やりにくい。

そんなマジモンの英雄を見るような目やめてほしいよ。

幻想を壊すのは心が痛いけど、実は大した人間じゃないですよって正直に言ってしまいたくなる。

彼女は僕の方を見て、それからようやく、肩の上に乗っているアイビーに気付いたようだ。

「あ！　かわいい亀さんがいるのじゃ！」

と元気に、アイビーの方を指さした。

どうやらグリフォンに集中していたようで、アイビーにはまったく気付いていなかったみたいだ。

「ブルーノ殿、その子も従魔なのかの？」

「書類上は従魔になってますけど……家族みたいなものですね」

「――うむうむ、従魔をペットや下僕としてではなく家族と捉えるのは良き従魔師の資質よな」

腕を組んで、大仰に頷かれた。

僕よりちっちゃいから、偉そうにふんぞり返っているというより、背伸びをしているように見える。

なんだか微笑ましくて、思わず笑みがこぼれた。

「その子はどんな亀なんじゃ？」

「ええっと……」

どんな亀……といわれても表現するのが難しい。

魔法が使える亀、とでも言っておこうかな。

ギガントアイビータートルとかゼニファー＝ゼニファー＝ゼニファーとか言っても、絶対通じないだろうしね。

そんな僕の逡巡を勘違いしたエカテリーナ様が、

「何、別にグリフォンと比べる必要などない。おぬしの家族なのだから、決してバカにしたりはせぬ」

と慰めのようなセリフを口にする。

いや、違うんですよ。

グリフォンより優れてないんじゃなくて、むしろその逆というか。

空の覇者を軽く足蹴にして従魔にしたのは、この子の方というか。

「みー」

「アイビーって言います。こう見えて、魔法とかも使えたりしますよ。あと、結構綺麗好きです」

「みー……」

「ほう……魔法が使える亀とな」

とりあえずヤバそうな情報は口にせず無難な紹介で済ませると、アイビーはとっても不満そうだった。

じゃあなんて言えばよかったんだい。

グリフォンを侍らす女王様とか？

「みー」

それも悪くないわね、という感じで目を閉じるアイビー。どうやら満更でもなさそうなご様子。

……冗談で言ったつもりだったのに。どうやら彼女と僕には、何か認識に大きな隔たりがあるみたいだ。

「というかエカテリーナ様、足に怪我を……」

「え？　……ああ、虫取りをして遊んでたから、大方その時にでも草の先端にやられたんじゃろ。妾の足を切るとは、なかなかの業物よな」

いや、虫取りて。

そして業物て。

グリフォンにダイブしたり、家の中じゃなくて庭にいたりしたことからなんとなくわかっていたけど……どうやら彼女は、かなりアクティブなタイプらしい。

貴族の令嬢って家の中で紅茶飲みながらお菓子食べてるイメージしかなかったけど、元気に跳ね回って傷をこさえたりするような子もいるんだね。

アイビーやグリフォンに嫌悪を抱いてるような様子もないし、護衛する貴族のご息女としてはかなり当たりの部類なんじゃないかな、多分。

「みー」

僕の言葉からどうすればいいのかを読み取ったアイビーが、エカテリーナ様の足にできた切り傷を回復魔法で治していく。

傷を回復魔法で治す時っていうのは、じんわりとした温かさとむずがゆさみたいなものを感じる。

彼女はクフッと笑いを堪えきれず、むずむずするのか全身を揺らしていた。

すぐに治療が終わった。それほど大きな傷じゃなかったから、治るまでに時間はほとんどかからなかった。

「すごいの！　回復魔法を使える亀さんまで従えておるとは！　黒の軍勢が襲来しても、ブルーノ殿達なら敵なしじゃな！」

……黒の軍勢？

見知らぬ単語に眉をひそめるが、あっというエカテリーナ様の声ですぐに思考はかき乱されて消えてしまう。

「そういえば父上が言っとったんじゃった。急いでブルーノとかいうバカを連れてこい、グリフォンが出した損害きっちり耳揃えて払ってもらうって」

あはは……できればそういう嫌な話は、もっと早くに聞きたかったかな。

……というか、グリフォンが出した損害って僕が補塡することになるの？

……そっかぁ、そうだよなぁ。

一応名目上は、僕の従魔になったわけだし。

僕自体はなんにもしてないけど……借金漬けになっちゃうのか。

人生って……波乱万丈だ。

ちょっとした散歩くらい歩いてなんとか本邸へと辿り着いた僕ら。
さすがに家の中にグリフォンを入れることはできないらしく、彼は一人馬車を引く馬を繫留(けいりゅう)させておく厩舎へと連れて行かれた。

不思議なことに、アイビーを連れて行くのは領主直々に許可が出ているらしい。

アイビーも一応魔物なのに、大胆なことをするなぁと思う。

《あっしも連れて行ってほしいでやんす！》

今でも目をつぶると鮮明に思い出せる、グリフォンの悲しそうな鳴き声。

めちゃくちゃ叫んでたけど……残念ながらさすがに領主の住んでる屋敷の中にまでは連れていけないよね。

……というかさ、今ふと疑問に思ってたんだけど。

彼ってどうして、グリフォンなのに口調がチンピラというか下っ端というか……三下なんだろう？

今までそれが当然という感じで誰も疑問に思っていなかったから、僕も流してしまっていたけれど。これって明らかにおかしくない？

だって彼、空の覇者だよね？

僕の勘違いとかじゃないよね？

同じグリフォンが今の姿を見たら、呆れかえるんじゃないだろうか。

あ、それにあのグリフォンの名前もまだ付けてないや。

どんな名前がいいかなぁ。

そっちもあとで決めておかないと。

毎回グリフォンって呼ぶのは、なんか違う気がするしね。

「みー」

あいつの名前なんて、三下で十分とアイビー。

……いくらなんでもそれは、可哀想すぎじゃないかな？

なんかアイビーのせいで変に見えるだけで、彼は一等級の超強い魔物なんだよ？

いや、確かにボコボコだったけどさ。

それはアイビーが強すぎただけだって。

「みっ！」

強いと言われて機嫌が良くなった彼女と一緒に、屋敷の中を歩く。

かわいいやつめ、うりうり。

「みぃ～」

ツンツンと触っていると、アイビーは楽しそうに身体をくねらせ始めた。

ちなみに今のサイズは、大体大型犬くらいの大きさである。

土地も広いが、屋敷も大きい。

しばらく歩いても、目的の辺境伯の私室にはなかなかつかない。

屋敷が大きすぎるせいで方向感覚がバグり、どう行けばつくのか既にちょっと怪しくなり始めていた。

入り口から入ったときに辺境伯の私室は聞いているけど……少しでも頭を叩かれたら、記憶が飛んでしまいそうだ。

間取りとか一回説明されただけで覚えてられるほど、僕の記憶力は良くないのだ。あと地味に、方向音痴でもある。

「みー」

え？

ここは右じゃなくて左だって？

……アイビーって、記憶力もいいんだね。

また彼女の新たな一面を発見してしまった。

敵わないなぁ、本当に。

僕はアイビーのアシストに助けられながら、妙にくねくねと曲がっている屋敷の中を歩いていくのだった――。


「失礼します」

「おう、入れや」

アイビーの先導に従いやって来た僕達は、ノックをして確認を取ってから扉を開ける。

巨人の楯としても使えそうな、各所を鉄で補強してあるドアを開くと、そこには簡素な造りの部屋が一室あるだけだった。

置かれている家具も最小限だし、ゴテゴテとした装飾もない。

使っている物の質は良さそうだが、絨毯も、机も、あまり華美な見た目のものではない。

これだけ土地も屋敷も広いのだから、私室はさぞ大きいのだろうと思っていたから、ちょっと意外だ。

「もっと金ぴかな部屋だと思ってましたたって顔してるぞ」

「そ、そんなこと思ってませんよ」

「あらかじめ言っておくが、俺嘘嫌いだから。適当なことばっか言ってると、領主権限発動させるぞ。何か言うなら、そのつもりでな」

「……実はちょっぴり思ってました」

エンドルド辺境伯の第一印象は……こういう表現でいいのか、非常に判断に迷うけど。

ちょっと小綺麗にしてる海賊の頭みたいな感じというか。

髪は鏡を見ないで自分で切っているのか、前髪がぷっつりとおかっぱのようになっていて。

髭は切り揃えておらず長さがまちまち。

着ているのもところどころがほつれた、ごわごわしてそうな綿の服だ。

こうして屋敷へ入って、私室へ案内されない限り、目の前の人物が辺境伯だなどと言われても信じられなかったかもしれない。

ただ目には剣呑でありながらも、知性の光が灯っている。

こちらを観察し、どう利用するかを考えている上に立つ者特有の冷徹な眼差しだ。

「先ほどエカテリーナ様には会いました。彼女の護衛ということですが……」

「ああ、近頃うちの領地周りできな臭い動きがあってな。子飼いの奴らじゃ全部に手が届かんから、腕利きを雇おうとしたんだよ。そしたら希代の英雄様が現れたってんで、早速食指を動かしてみたってわけだ。でもあれだな、お前――」

辺境伯がこちらをじっと見つめる。

全てを見透かそうとするかのように、目には力が宿っていた。

彼は僕の全身をなめ回すように見つめてから、あっけらかんとこう言った。

「普通だな。思ってたのと違ったわ」

「……どういう想像をしてたのかわかりませんが、僕は至って普通の人間ですよ」

ちょっと場の雰囲気が弛緩したのを察して、懐に手を入れる。

それだけで辺境伯の空気が変わった。

入り口で隈なくボディチェックは受けたから、武器は持っているはずがないことなんかわかってるだろうに、すごく警戒心が強いんだな。

暗器か何かを警戒してるんだと思う。暗殺を警戒しなくちゃいけない貴族としては、これくらいが当然の反応なのかな。

一見普通なのに実は凄腕の暗殺者、なんてはずないのにね。

そんなわけのわからない人間がいるのは、物語の中だけだ。

……僕の人生も、本の中の登場人物に負けず劣らず、振り幅が激しい気もするけどさ。

ゼニファーさんから受け取っていた手紙を取り出して、近くにいる家令の人に渡す。

貴族に直接手紙を手渡すのはマナー違反で、場合によっては処罰もされる。

これはサラさん達から教わった、基礎的なマナーの一つだった。

辺境伯は手紙の中身を確認して、なるほどな……と口角を上げる。

彼が見たのは僕……ではなく、肩に乗ってのんきにあくびをしているアイビーだった。

「大方その亀が問題の中心にいるってところだろ。どうだ、当たらずといえども遠からずって感じか？」

「……」

僕には黙ることしかできなかった。流石上級貴族である辺境伯にもなると、そんなことまでわかってしまうんだろうか。

彼は一目見ただけで、一発で僕を普通の人間と看破してしまった。

僕がグリフォンに乗ってたってことは事実として知っているはずなのに、僕ではなくアイビーに着目するその観察眼はなかなかどうして凄まじい。

アイビーが騒動の中心にいるってことを、こんなに早く見抜いちゃうなんて。

彼は驚嘆している僕にガハハと笑って、

「いや、冒険者ギルドから亀がバカ強って話と、お前が普通の奴ってことは聞いてたからな。あとは単純な推理をしてそれっぽく言っただけだ。こんなので驚いてたら、お前怪しい占い師とかに騙されてケツの毛までむしり取られるぞ」

と種明かしをしてきた。

……彼の辺境伯としては異様な風貌にインパクトがあったせいか、ショックを受けてたけど。

確かに少し情報が得られてれば簡単にわかることではあるのか。

どうやら僕も、緊張して頭が回っていないらしい。

「まぁなんにせよ、護衛の依頼自体はついでみたいなもんでよ。実際のところはお前さん達と顔合わせしときたかったってだけだ。あとはまぁ……グリフォンが出した損害の補塡とかな」

お金がないので今すぐは払えませんと正直に告げると、別に全額払わんでも護衛受けりゃそれでいいよと言ってくれる。

辺境伯からすると、グリフォンライダーである僕が娘の護衛依頼を受けるという部分に大きな価値があるみたいだった。

「最近はいい話の一つもなかったからよ、これでしばらくは盛り上がるぜ。もしかしたらグリフォン饅頭とか、グリフォン飲料とか売り出すかもしれないから、そんときは頼むな。一部パテント料は払うからよ」

どうやら辺境伯は、グリフォンで一儲けしようと考えてるみたいだ。

確かに知名度は抜群だし、あの三下グリフォンが街の名物みたいになれば利点も大きい……のかな？

あの三下グリフォンが有名になるのに、若干の恐ろしさも感じるけど。

——彼に釣られる形でなし崩し的に僕も有名になっちゃうんじゃないかっていうことと、あんなのがグリフォン代表みたいな売り出し方をされて大丈夫なのかという、主に二つの点から。

あとでグリフォン達が大挙して、グリフォンはあんな変な奴ばかりじゃないと殴り込みでもかけてきたらどうしよう。

……考えすぎか。

魔物も皆が皆、アイビーみたいに人間に近い感性を持ってるわけじゃないんだし。

でもどうやら辺境伯に、僕やアイビーを危険視して殺しとこうとか、どっか別の場所へ放り出してしまおうとか、そういった考えはないみたいで少し安心だ。

まだ全然時間は経ってないけどさ。

なんやかんやで僕達のことを受け入れてくれてるこの街の人達のことを、嫌いじゃないと思ってる自分がいるから。

その後もどうやってアイビーを手に入れたかとか、グリフォンテイムまでの流れをざっくりと説明したりしてるうちに、結構な時間が経っていた。

あっという間に時間が経ってしまっていて、自分でもびっくりだ。

聞かれるばかりで、向こうの話はあまり聞けなかったけどさ。

でも僕達のことを知ってもらえるのは、悪い話じゃないよね。

庇護するって、明確に言われたわけじゃないけれど。

言動とか態度とかでさ、なんとなく僕達のことを結構快く思ってくれてるっていうのが伝わってきたもの。

「最後に一つ、お前らの目的って奴を聞かせちゃくれないか？」

そろそろお暇しようかなと、この部屋を去るタイミングを窺っていると、辺境伯が椅子から立ち上がった。

そして髭をしごきながら、疑問を投げかけてくる。

その顔はさっきの世間話をしていたときと同じように見えるけど……意識すると、彼の態度からは最初に会った時の真剣さが感じ取れた。

どうやら出された質問は、辺境伯にとってかなり重要なことみたいだ。

……たしかに、この街を預かる人間からしたら当然のことだよね。

グリフォンを倒せて、テイムすらできるような奴らが自領の街の中にいる。

いくら人づてに情報を集めたり、直接話を聞いてみたところで、そう簡単に安心はできないはずだ。

僕達は今この場で辺境伯を殺すことだって、街で暴れ回って大損害を出すことだってできるように見えるはずだから。

もちろん僕もアイビーも、そんなことはしない。

ここでそんな物騒なことをすることになんの意味もないし、そもそも荒事も揉め事も大嫌いだし。

でもそれを理解してよって嘆くだけで済ませたらダメなのだ。

わかってくれと叫んでいるだけでは、それはただのエゴでしかない。

他人に理解してもらいたいなら、まずは理解されるための努力をしなくちゃいけない。

大丈夫、大丈夫だと自分に言い聞かせる。

やり方は、この街にやってきてからの色んな人との触れ合いで、わかっているはずだ。

人間関係って複雑だけど、その分簡単なことが重要になってくる。

そういうものだと、僕は思ってる。

だから僕は、隠すことなく本音を言うことにした。

もしかしたら最初に嘘つくなよなんて釘を刺したのも、この質問のためだったのかな。

……だとしたら考えすぎですよ、辺境伯。

だって、僕達がこの街に来たのは……。

「僕達はただ……平和にのんびり暮らしたいんです。迫害とか、追放とか……そういうのをされないように、どこか辺境の街でひなたぼっこでもしながら過ごしたくて、ここにやって来たんですよ」

僕の言葉を聞いて、辺境伯は最初眉をひそめた。さっさと本当のことを言えと、言外に匂わすような、険しい顔だ。

でも僕は何も言わず、ただ真っ直ぐに彼を見つめ返した。

だってこれが僕とアイビーの、嘘偽りのない本心だから。

しばらくするとどうやら、辺境伯も僕が本当のことを言っていることがわかってきたみたいだった。

彼はきょとんとした顔をして、呆気に取られている。

意外だと顔に書いてある。

さっきまでとは違って、その表情は取り繕いのない、心からのものに見えた。

こちらが辺境伯の素、なのかもしれない。

……彼は一体、僕らのことをなんだと思ってたんだろう。

辺境伯の信を得ることを足がかりに王国で成り上がろうとする、英雄願望のある男だとでも勘違いしてたのかな。

だとしたら見当違いも甚だしいよ。

だって僕もアイビーも……別に大それた野望なんてなくて、ただのんびり暮らしていたいだけなんだから。

「のんびり……ハハッ……ふぅ。嫌になるねぇ、年を取ると」

エンドルド辺境伯は、執務机の向かいの椅子にどかっと座り直すと、机の引き出しを引いて煙草を取り出した。

笑ったかと思うと真面目な顔になったりと、表情のコロコロと変わる人だ。

気持ちを落ち着けるためか、使用人に火を点けさせて一服し始めた。

辺境伯はポウッと頭上に煙の輪っかを作ると、こちらに向き直る。

「散々気ぃ張ってたのが馬鹿らしくなるぜ。お前さん、それ本気で言ってるだろ?」

「もちろん、嘘はついてません」

僕の言葉に、苦笑いを浮かべる辺境伯。

それだけ力があればどんなことだって……みたいな問答をする気はないんだろう。

僕達がそれを望んでないのを、なんとなく察してるみたいだった。

別にアイビーは、力がほしくて強くなったわけじゃない。

ただ気付いたら、どんどん大きくなって、日に日に強くなっていってしまっただけなのだ。

――ある意味ではきっと、アイビーが一番の被害者なのかもしれない。

彼女がもし本当に、ただ見た目が綺麗なだけの亀だったら。

きっと僕は農家で、アイビーはペットとして可愛がられていただろうから。

そんな有りもしない未来を想像して、それから今に目を戻す。

僕には目の前の辺境伯が、強権を発動させる暴君ではなくて、僕らみたいなイレギュラーからなんとかして街を守ろうとする、頼もしい領主に見える。

だから自然と、言い淀まずに、流れるように言葉が口をついて出た。

「僕達は安寧がほしいんです。なので辺境伯、僕達はあなたから庇護をいただきたい」

「たしかにお前らみたいなのが平和で生きようってのは、なかなか難しいだろうなぁ。乱世は終わったとはいえ、まだまだ貴族の力は強い。他国も隙あらば食い込んでくるだろうし、魔物の存在だってある」

グリグリと煙草を灰皿に押しつけてから、立ち上がる。

そして僕の方へ手を出して、

「無論、どうしようもねぇ時は力を貸してもらうけどよ、俺の領地ん中なら、何だって保障してやるよ。ま、周囲はうるさくなるだろうし、面倒ごとも降って湧くだろうが……それ以外ん時は、適当に生きりゃあいいんじゃねぇの？」

僕はゆっくりと手を出して、辺境伯と握手を交わした。

それは彼が僕達を庇護下に入れてくれるという、肯定を伴うシェイクハンドだ。

こうして僕らはようやく、平和に生きるための下準備を終えることができた。

安定や安心は手に入れることができた。

安寧や安穏は……難しいかもしれないけど。

でもこれで、とりあえず諸々の面倒ごとは終わったわけだ。

ギルマスのアンドレさんやエンドルド辺境伯とも知己になれた。

結果的に三等級まで上がれたわけだから、これから先はそこそこ頑張ればある程度お金を稼げるようになるだろう。

グリフォンライダーとして名も売れていくだろうし、辺境伯の庇護もあるおかげで、僕らにそう簡単に手を出そうとする輩もいないはずだ。

……って今思うと、もしかしてアイビーはそのために僕にグリフォンに乗れって頑なだったのかな？

色んな事があったけど、冒険者ギルドの皆は基本的に優しいし。

グリフォンに乗るようになったおかげで、市民からの評判もそう悪いものにはならない……というか上々。

辺境伯が商品開発なんかもして、普及してくれるらしいし……あとはある程度お金を稼いで、まったりしたいな。

とりあえずグリフォンの損害の補填にプラスアルファでお金は出してくれるらしいし、警護の依頼を遂行しながら、ゆっくりやっていこう。

僕達にしては珍しくハイスピードな日々だったけど、ようやく腰を落ち着けることができそうだ。

アイビーもなんやかんや、この街を気に入ったみたい。

僕らまだまだ新米だし、問題だらけだけどさ。

頑張ってこうね、アイビー。

一緒に、さ。

「みぃ！」

さて、エンドルド辺境伯と邂逅(かいこう)した次の日。

僕達は再び、辺境伯のお屋敷へとお呼ばれしていた。

その目的はもちろん、ギルドから言い渡された指名依頼であるエカテリーナ様の護衛のためである。

《今日は処さなくて平気そうっすね》

貴族街で向けられる視線も、昨日と比べると幾分か落ち着いている。おかげでグリフォンも気が立たずにのんびりとできているようだ。

僕らは今回も隊長さんについていく。

「僕はやっぱり風神丸がいいと思うけどなぁ」

「みっ！」

『そんなのダメ！』という感じでアイビーがぷいっとそっぽを向く。

歩いている最中の議題はずばり、グリフォンの名前をどうするかだ。

僕は風神丸がいいと思うんだけど、アイビーはそれに反対している。

いくつか候補を出してみるけれど、どれも彼女の気に召さないらしい。

どうやらアイビー的には、グリフォンにはもっとオシャレな名前をつけてあげたいらしい。

ネーミングセンスはあまりないと自覚はしているけれど……それならどんな名前をつけてあげるのがいいんだろう。

僕が途方に暮れながら歩いていると、気付けば辺境伯家の庭まで辿り着いていた。

「おお、ブルーノ殿にアイビー！　待っておったぞ！」

エカテリーナ様はどうやら僕らが来るのを待ってくれていたらしい。

待たせてしまって大変恐縮です。

「みいっ！」

そしてエカテリーナ様にペコペコと頭を下げている間にも、アイビーはどんな名前がいいんだろうと頭を悩ませている。

「やっぱり風神丸みたいなカッコいい名前の方が……」

「みいっ！」

アイビー裁判官に却下を食らいガクッと項垂れる僕を見たエカテリーナ様が首を傾げる。

彼女に事情を説明してみると……。

「ふむ、グリフォンの名付けとな……妾も交ぜてほしいのじゃ！」

意外なことに、かなり乗り気なご様子。

そのつぶらで大きな瞳が、きらりと光る。

「それなら妾の方が、絶対に素敵な名前が出せるはずなのじゃ！」

というわけでやる気のみなぎるエカテリーナ様と一緒に、グリフォンの名前を考えることに。

「ブルーノ殿、流石に風神丸はないと思うぞ……」

「みいっ！」

『その通り！』とばかりにうんうんと頷くアイビー。

新たにエカテリーナ様が交ざることで、並行していた議論は終わった。

反対多数により、僕の意見は完全に棄却されてしまう。

「で、でもそれならどんな名前がいいっていうんです？　仮にもグリフォンですから、あんまりかわいい系の名前とかもよくないと思うんですけど」

「そうか？　このグリフォン、かわいいじゃろ。ほら、こんなにつぶらな目をしてるし」

そう言ってグリフォンの頭を撫でるエカテリーナ様。

《落ち着くでやんす……》

撫でられてまんざらでもないらしいグリフォンは、されるがまま地面に身体を預けていた。

「ぐりちゃんとかでいいじゃろ」

「ぐりちゃんですか……」

僕はちょっと想像してみることにした。

アクープの街の皆から『ぐりちゃーん！』と呼ばれるグリフォンの姿を。

僕がぐりちゃんの背中に乗り、グリフォンライダーとなる光景を。

なんだかちょっと間抜けだな、と思った。

「みぃっ」

アイビーはぶんぶんと首を振る。

どうやらアイビー的にも、ぐりちゃんはナシらしい。

「アイビー」

「みっ」

さっきまでそっぽを向いていた僕らは、互いに手と手を取り合う。

よし、ここは共闘といこうじゃないか。

というわけで今度は僕とアイビーが多数派になって、ぐりちゃんを否決させることに成功。

「いえーいっ！」

「みぃっ！」

アイビーとハイタッチをする。

さっきまではごめんね、とお互い謝り合ってすぐに仲直り。

機嫌が戻ったアイビーは、ちっちゃくなって僕の肩に乗ってくる。

「みぃ～っ」

顎の下あたりをくりくりしてやると、気持ちよさそうに目を細める。

「ぐぬぬ……」

悔しそうな顔をして地団駄を踏むエカテリーナ様。

ああ、折角綺麗なドレスを着てるのに、そんなに砂埃を舞わせたら土汚れが……。

というかそんなに気に入ってたんですか、ぐりちゃん。

「二人の仲が良さそうで羨ましいのじゃ！」

――って、そっち!?

名前が採用されなくて悔しかったわけじゃないんだ!?

「だって僕らはずっと仲良しだもんね～」

「みぃ～っ」

「羨ましい羨ましい羨ましい！　妾も交ぜてほしいのじゃっ！」

ダンダンと更に地団駄を踏む。

とうとうドレスの裾が汚れ、砂汚れで色が全体的にくすみ始める。

どうやらエカテリーナ様、本当に悔しがっているらしい。

「そうは言っても……ねぇ？」

「みぃ？」

「二人だけ通じ合っててズルいのじゃあぁぁあっっ！」

僕が首を傾げると、アイビーが同じ方向に首を傾げる。

家族として一緒に育ってきたんだから、いきなり交ぜてほしいと言われても困ってしまう。

でも今エカテリーナ様、僕らのことを二人って言った。

アイビーのことをしっかりと人としてカウントしていないと出てこない言葉だ。

僕達はぷんすかと腹を立てている様子のエカテリーナ様を見て笑い合う。

「ブルーノ殿、まずはその他人行儀な話し方をやめるのじゃ！」

「そ、そうは言ってもエカテリーナ様は僕の護衛対象で、領主直々に依頼も受けていますし……」

「御託も正論もいらんのじゃ！　いいから妾のことはカーチャと呼んでくれ！　仲の良い子は皆そう呼ぶのじゃ！」

「は、はぁ……」

断ろうとしたが、そこからのエカテリーナ様の土俵際の粘りと言ったら！

ごねるだけじゃなく、僕の言葉なんか一言たりとも聞こうとしない。

そして地団駄を踏むだけでは飽き足らず、とうとうゴロゴロと地面を転がり出した。

もうドレスは完全にくすんでいて、泥遊びをした少年みたく全身が砂まみれになっていた。

根負けをしたのは、僕らの方である。

「わかりました……カーチャ、でいいですか？」

「ぶぅ」

「……わかったよカーチャ、これでいい？」

「うむ、それでいいのじゃ！　妾もブルーノと呼ばせてもらうぞ！」

「もう好きにしてください……」

「ぶぅぶぅ」

「もう好きにして……」

豚さんみたくぶぅぶぅ言いだしたカーチャを前にすると、全てがどうでもよくなってきた。向こうがいいと言ってるんだから、何も問題ないだろう。

「それじゃあ名付け会議に戻るのじゃ」

そういえばグリフォンの名前をつけるための話をしてたんだった。

カーチャの勢いに本題を忘れるところだったよ。

というわけでそれから名付け会議が始まったわけだけれど、結果だけ言うのなら名前は決まらなかった。

意見は出るんだが、なかなか皆がいいと思えるようなものは出ない。

そしてああでもないこうでもないと言っているうちに、意見そのものが出なくなってくる。

更にそこからしばらくしてやってくるのは、実は最初に出していたやつの方が良かったんじゃないかというあの感覚だ。

「完全に手詰まりだね……」

「うむ……このエタニティの標識は我ながら名案だと思ったんじゃが……」

カーチャはもうダメだ。色々と試行錯誤しすぎて、わけのわからない方向に進んでしまっている。

どうしてグリフォンの名前に標識なんて漢字がつくのさ。

ああもうめちゃくちゃだよ……。

「とりあえず……今日はこのくらいにしておこうか。これ以上考えてもまともな意見が出るようには思えないし……」

「むむ、それはたしかに……」

「み！」

このままだと正解が出ることはない。

名付け会議をして初めて、三人の意見が一致した瞬間だった。

初めての意見統一がこれとなると、グリフォンに名前がつく日は一体いつになるのやら……。

《おやつ食べたいでやんす！》

名付け会議中まったく意見を出す気配のなかったグリフォンは、グルゥと唸りながら周囲を見回し食べられるものはないか探し始めた。

今決めようとしてたの、君の名前なんだよ……？

これが魔物の常識なのかな……？

アイビーが普通に人間に近い感覚を持ってて本当に良かった……ってダメだよ、その花の蜜吸おうとしちゃ！

ここ辺境伯の土地なんだから、変なことしたら僕が怒られちゃうんだから！

《食べたいでやんす！　食べたいでやんす！》

グリフォンはゴロゴロと転がりながらおやつを求めて必死の要求を行い始めた。

これ……間違いなくさっきのカーチャのを見て学習したよね。

頭がいいことを誉めるべきなのか、変なことばっかり覚えてと嘆くべきなのか……多分後者だよね、うん。

「ブルーノ、その子は一体どうしたんじゃ？」

いきなり唸りながらゴロゴロ転がるグリフォンの要求を、そのまま伝えてあげる。

「なあんだ、そんなことか。たしかにそろそろ小腹の減る頃じゃしな。待っておれ、すぐに用意するからの」

パンパンッとカーチャが手を叩くと、気付けば彼女の隣に老年の執事さんの姿があった。

す、すごい……これが熟練の技なのか。

「おやつを食べるので、用意するのじゃ！」

「かしこまりました」

それだけ言うと執事さんはテキパキと動き出し……あっという間に準備が整ってしまった。

気付けば僕らの前には紅茶と大量のお茶請けが並んでいる。

グリフォン用に地面にもクッキーの載せられたお皿が並んでおり、その隣にはアイビー用にミニテーブルのようなものまで用意されている。

ど、どこまで用意周到なんだ……流石はプロの執事さんなだけのことはある。

《美味いでやんす！》

当たり前だが、自然界に食べるのを待つなんていう考え方はない。

グリフォンは出されたおやつを、出されてからノータイムでバクバクと食べ始めた。

「いただきます」

「みぃ」

けれどアイビーはお上品な子なので、しっかりと僕と一緒に手を合わせてから食べることにした。

アイビーが食べるのは……なんだろう、葉っぱみたいな形をした焼き菓子か。

それなら僕は……とりあえずこのクッキーから食べることにしようかな。

「みいっ！」

「もぐもぐ……うん、美味しい！」

噛んで感じるのは、さくさくとした食感。けれど香ばしいクッキーは食べているうちにすぐ、口の中でほろほろと溶けていく。

「こんなに美味しいお菓子を食べたの、生まれて初めてかも！」

まあお菓子を食べた経験自体、それほど多くないんだけどさ。

砂糖を使うお菓子というのは、どれも軒並み高級品だ。砂糖が採れるのは王国の中でもごく一部に限られてるらしいから。

甘いもの自体、何か祝い事の時にたまーに食べられるくらいだった。

中流階級育ちの僕は、お菓子とは縁遠い生活を送ってきたのだ。

クッキーは何回か食べたことがあるけれど、今食べたのがぶっちぎりで一番美味しい。

これを食べたあとだと、今までのクッキーがいかにボソボソだったかがわかる。

どうしよう、下手にいいものを食べちゃったせいで、もう二度とあの普通のクッキーを食べられなくなっちゃったかもしれない……。

「みい……」

ちらっと下のミニテーブルを見てみると、アイビーが焼き菓子を食べるスピードが、今まで見たことがないくらいにゆっくりだった。

口に合わないのかと思ったけど……そうではないらしいと、すぐにわかる。

「みぃ……」

アイビーは目を細めながら、物凄く味わって食べていた。

頬に手を当てて、幸せそうな顔をしている。その様子を見ていると、なんだか僕まで幸せな気分になってくる。

「おお、アイビーはマドレーヌが気に入ったのか」

ふぅん、マドレーヌって言うのか……僕も食べてみよっと。

もぐもぐ……うん、クッキーよりも優しい甘さだ。

砂糖自体の強烈な甘さというより、素材自体が持っているものを引き立てているって感じ。当然ながらこれもめちゃくちゃに美味しい。

「口に合ったようで何よりじゃ」

一心不乱に食べている僕らの様子を見て、カーチャもはにかむ。

全員が笑顔になっている優しい世界がここにあった。

「――そうじゃ！　父上もここに呼んでくる！」

なんて思ったらこの子、とんでもないことを言いだしたよっ!?

そして五分後――。

「お邪魔させてもらうぜ」

……本当に辺境伯がやってきた。

昨日ぶりですね、どうもこんにちは。

……まさか本当に来るとは。

もしかしてカーチャって、かなり溺愛されてるのかもしれない。

辺境伯はワイルドにクッキーを食べていく。

「もう父上、カスがいっぱいついちゃってるのじゃ」

そういって辺境伯の口からこぼれたクッキーのカスを食べるカーチャ。

楽しそうにきゃっきゃと笑っている。

それを見た辺境伯の凶悪な面が少しだけ綻んだ……気がした。

辺境伯が足されても、どうやら優しい世界は継続中のようだ。

「でな、その時にブルーノがな……」

「それで、アイビーが……」

「さっきもこんなことが……」

父に話を聞いてもらえるのが嬉しいのか、カーチャが怒濤の勢いで話し始める。

意外なことに話を遮ることもなく、辺境伯はふむふむと話を聞いていた。

「ほう、カーチャね……」

「――っ!?」

気付けば話は、僕がエカテリーナ様をカーチャと呼んでいるというところまで進んでいた。

「まあ、いいんじゃねぇの。ただ、仲良くなる人間はしっかりと選ぶようにな。付き合ってお前が下に見られるような奴に、自分を安売りするなよ」

「わかったのじゃ！」

どうやら問題はなかったようで、ほっと胸をなで下ろす。

だからだろうか、僕はちょっとだけ気を抜いていた。

辺境伯とカーチャの話に交ざっているうちに、ぽろっとこぼしてしまったのだ。

「それでこの三下グリフォンがですね……」

「ほう、サンシタね……いいネーミングセンスだな。俺は好きだぜ、怖いもの知らずなところが特に」

「……え？　サンシタ？」

《あっしはサンシタでやんす！》

こうしてグリフォン本人が嬉しそうにしているので、僕らの名付け会議は唐突に終わることとなった。

本人が認めたなら、僕らがとやかく言うことはないだろう。

にしても、一等級の魔物の名前がサンシタ……。

恐れ多いというか、なんというか……。

僕がうんと一人唸っていると、気付けば辺境伯親子の会話の話題は僕達のことに変わっていた。

「というか別にこいつはすごくもなんともないからな。すごいのは横の亀の方だ」

「そうなのか？」

「ああ、こいつは普通の人間だぞ。俺の方がよっぽどすごい」

どうやら辺境伯は、カーチャが僕のことを憧れの目で見ていることに不満があるみたいだ。

それなら良い機会だし、ここで誤解を解いておこうと思う。

彼が言っている通りに、すごいのは僕じゃなくてアイビーなんだということを伝えておかなくちゃね。

「うん、すごいのは僕じゃなくてアイビーさ」

「……みっ？」

小さな口でクッキーをポリポリと食べていたアイビーがこっちを向く。

ウィンクをしてみると、ウィンクを返された。今日もアイビーはプリティーだ。

「英雄なんて柄じゃないよ。僕は普通の人だからね」

「……」

「……」

辺境伯もカーチャも揃って黙ってしまった。

え、なんか変な空気になってるけど、僕何もおかしなこと言ってないよね？

素直に認めるとは思ってなかった……ってこと？

「そう言えるブルーノには、少なからず英雄の素質があると思うぞ」

「……そうかな？」

「うむ！」

そう言って満足そうに笑うカーチャ。

何がなんだかよくわからないうちに、名付け会議と辺境伯との二度目の邂逅は終わるのだった
――。

That turtle,
the storongest on earth
第四章
僕は普通の
グリフォンライダー

空には太陽が燦々と輝いていて、直視できないほどに眩しい。

雲は欠片ほども出ていない晴天で、気温も高くて人の脳みそを溶かすくらいに暑い。

この世を構成する全ての要素が、僕という人間を眠りの世界に誘っているかのようだった。

こんな調子じゃ、いくらでも怠惰になってしまいそうだ。

「ふあぁ……ねむ……」

あごが外れそうなほど大きなあくびをしてから、ごしごしと瞼を擦る。

すると目の端の方にあった目やにが取れた。

結構おっきいのが取れたなぁ。

なんとなくだけど、今日はいい日になるかもしれない。そんな気分になってくる。

僕が片膝を立てて座っていると、目の前が一気に暗くなった。

顔を上げると、それが女の子の人影だとわかる。

「む、寝不足かブルーノ。若いうちから生活習慣が乱れてると、将来身体がガタガタになってしまうぞ」

僕とは正反対に、朝から元気いっぱいの金髪少女のエカテリーナ様、もといカーチャである。

彼女は僕が眠そうにしているのを見て顔をしかめていた。

生活リズムが乱れている人間を見るのが、大層気にくわないようだ。

様付けで呼ばれては親しみを感じないので、愛称で呼んでほしい。

最初は恐れ多いなと思っていたけれど、人間っていうのは不思議なもので、ある程度時間が経った今では、もうカーチャ呼びにも慣れてきた。

辺境伯公認なので、むしろ呼ばない方が失礼というやつだ。そんな風に考えるようにして、時たまくるやっぱりやばいんじゃ……という内心をかき消す日々を送っている。

「そんなに夜更かしをしたのか？」

「ううん、違うよ。ただお昼寝をしすぎたせいで、寝つきが悪くて」

「睡眠は大事なんじゃぞ。妾の護衛がそんな体たらくでどうするのじゃ」

カーチャははぁと呆れたようなため息を吐いてから、僕の隣に座る。

体育座りなので、スカートが汚れるし、下手すればパンツが見えてしまいそうだ。

けれどカーチャの基本的に自分のことに無頓着なところにも、随分と慣れてきたので、僕の方も何も指摘はしない。

このいかにもお嬢様な口調も、最初は貴族の娘だから偉ぶってるのかと思っていたけれど。

こうしてある程度時間を共有してみると、彼女が頑張って、偉そうな態度を作ろうとしているのにも気付いてくる。

辺境伯の娘として周囲から侮られないよう、言葉遣いに気を遣っているみたいだ。

けれどカーチャは年齢的にはまだ十三歳なわけで。

必死に大人や貴族のような振る舞いができるよう心がけても、まだまだ子供の部分は多い。

基本的な言動なんかは普通の、それこそ僕の故郷の村にいた女の子なんかとあまり変わらない。

辺境伯の自由な教育方針のおかげか、のびのびと育っているカーチャは今日も元気いっぱいだった。

ひなたぼっこするアイビーのすぐ横でお昼寝してたんだ。

昨日いい木陰を見つけちゃってね。

僕は昨日昼寝したせいで夜なかなか寝付けなかったから……眠い。

「みー」

「ほら、アイビーも怠けるなよって言っておる」

「いや、彼女は昨日は楽しかったねって言ってるよ」

「なんと!?　まさかアイビーが共犯だったとは!」

「この世の終わりだ!」と言わんばかりに、大きな身振り手振りをつけて驚きを表すカーチャ。

両のほっぺに手を当てて、目がこぼれてしまいそうになるほど、大きく開いている。

彼女ももうずいぶんと、アイビーと仲良くなった。

やっぱり他の人と同様アイビーの言葉はわからないみたいだけど、彼女なりにしっかりとコミュニケーションを取ろうとしている節がある。

偉い人の娘さんだし、将来も偉くなるだろうから、その時はアイビーのことを守ってくれたらなって思う。

ちなみに今もまだ、カーチャの護衛は継続中だ。

辺境伯と初めて会ったあの日から二週間近くが経ったけれど、今のところ一度も襲撃はない。

不穏な気配なんかもなく、こんなんでお金をもらっちゃっていいんだろうかと思いながら、ゆるりとした毎日を過ごしている。

アイビーは何かあったときのために戦う備えは常にしている。

けどアイビーはともかくとして、僕は本当にすることがない。

だからここ最近は、すごく気が抜けた炭酸みたいになってるのだ。

護衛といっても基本はカーチャと一緒に遊んだりご飯を食べたりするだけだからね。

ぶっちゃけると、めちゃくちゃ気楽だ。

汗水垂らして働いている他の冒険者の人達に、若干の申し訳なさすら感じてしまうレベルである。

……でもそれじゃいけないよね。

あまりにもなんにもないから、ちょっと気が弛み過ぎかもしれない。

僕は護衛の依頼を受けている、三等級冒険者なんだから、もっとしっかりとしていなくちゃダメだよね。

目をカッと開いて、背筋をしゃっきり伸ばす。

そのまま立ち上がって、一つ大きく背伸びをした。

「おっ、英雄殿の顔が格好よくなった。いつもそれくらい気を張っとけばいいものを」

「その呼び方はやめてって言ってるでしょ。柄じゃないんだよ、本当に」

「カカッ、わかっておるよ。『僕は普通で、凄いのはアイビー』、もう何度も耳にタコができるくらい聞かされておるからの」

護衛として少なくない時間を一緒に過ごすにあたって、僕は完全にカーチャの誤解を解くことに成功していた。

ギルマスを倒したのも、グリフォンをテイムしたのも、やったのは全部アイビー。

僕はそのおこぼれに与ってるだけの凡人だから、あんまり期待しないようにってな具合でね。

前にしたお茶会の時に言った言葉に、何一つ嘘偽りはない。

アイビーがカーチャがよく作る傷を治したり、楽になるために大きくなったり、ぷかぷかと宙に浮かんでいたりするのを見ていれば、アイビーの凄さはすぐに理解できる。

今ではカーチャもおおよその事情を察してくれ、以前より気安く接してくれるようになった。

今みたくからかい混じりに英雄殿なんて呼んでくるくらいだから、気の置けない相手くらいには思ってもらえているのかもしれない。僕としてもそっちの方が気が楽なので、正直助かる。

前みたいにキラキラと輝いた目で見られてると、落ち着かないからさ。

色々と吹き込まれて、変な先入観とか固定観念とかができあがってしまう前にカーチャに会えてよかった。

不思議なことにまだ少し、僕を特別視しているようなところもあるけど……そんな夢もすぐに覚めるだろうし。

　女の子は夢を見ることが多いけど、その分夢から覚めるのも早いからさ。

「そういえば今日はサンシタはいないのか？」

「うん、父さん達に手紙を届けてもらってるからね」

「そう言えばそうじゃったの。一等級のグリフォンを、伝書鳩扱いとは……やっぱり何度聞いても慣れんな」

　サンシタ、というのはあの三下グリフォンの名前である。

　彼にとっては悲惨なことに、名前はサンシタで完全に定着してしまっていた。

　おそらくもう覆ることはないだろう。

《あっしはサンシタでやんす！》と彼自身が嬉しげな様子なのが、せめてもの救いだろうか。

　何も救えていないような気もするけれど……あまり深くは考えないようにしよう。

　今サンシタには、空を駆けて僕が書いた手紙を両親の下へ届けてもらっている。

　一度乗って街まで行ったことがあるので、道に迷うようなこともない。

　彼をテイムできたおかげで、その気になれば数時間もあれば故郷へ帰ることもできるようになった。

　それにアイビーだけじゃなくてグリフォンも使役できるようになったって、村の皆に見せることもできた。

父さんや母さんに酷いことをしようという気は、きっとしばらくは起きないだろう。

話を聞かせてもらった限り、特に何か変わった様子もなかったみたいだし。

「みー」

「たしかにね」

肩に乗っているアイビーは、ぐでーっと身体を預けてくる。

これはもっと寝ようというジェスチャーだ。

でもたしかに彼女の言う通り、僕がしゃっきりと目を覚ましても、特にすることってないんだよねぇ。

僕は護衛で、カーチャを危険から守らなくちゃならない。だから襲撃なんか、ない方がいいに決まってる。

でも襲撃が全くないと、することがないという……なんというジレンマだろうか。

それなら襲撃がこないままこのままのんびりと過ごしていたいところではある。

この護衛依頼には、明確な期限が定められていない。

カーチャの危険が去るまでっていう、曖昧な条件があるだけだ。

……これでお金がもらえるんだから、ありがたい話である。

しかも太っ腹な辺境伯は、かなりの額の報酬を日毎にくれている。

サンシタが壊した壁や屋台なんかの弁償で負った借金ももう完済できたし、ここ最近は貯まる一方だ。

このまま数ヶ月も働けば、小さい家くらいなら買えちゃいそうな勢いだ。

というか、貸し家でもいいから広い庭があるところに住みたいんだよなぁ。

もうしばらく、アイビーは元の大きさに戻れていないし。

そろそろ彼女も、窮屈に感じ始めてるんじゃないだろうか。

本来のサイズよりちっちゃいままだと、ストレスを感じてしまうみたいだし。

……うん、そうだね。

思いついちゃったから、もう行動しちゃおう。

一応、辺境伯からも許可はもらってるし。

「カーチャ、ちょっと長めに休憩もらってもいいかい？」

「ん、別に構わんぞ」

護衛がいきなり抜けていいのかよと思うかもしれないが、別にこれは初めてのことじゃない。

アイビーの作り出す障壁は、サンシタがどれだけ全力で小突こうがびくともしないほどの防御性能を誇っている。

彼女はそれを何十時間でも持続させることができるため、四六時中ずっとついている必要は、実はあんまりないのだ。

寝るときとか、トイレ行くときとか、そういうプライベートタイムはしっかりと取ってもらっているし、僕達も四六時中お側でお守りさせていただくってわけじゃない。僕は男だから、どこにでもついていくっていうのは流石に問題があるしね。

もっとも使用人に裸なんかを見られるのに慣れて何も感じないらしいカーチャからすると、全然問題ないみたいだけど……僕的には大問題なので謹んで辞退させてもらっているって感じである。

常に襲撃を警戒しているってわけでもないし、ずっと側にいて神経を尖らせているってわけでもないので、カーチャも僕も、あんまり護衛と護衛対象って意識はないんだよね。

日中の話し相手、っていうのが一番近いかもしれない。

「みー」

離れるということもあって、アイビーが最高硬度で障壁を張り直す。

彼女が出す障壁は、魔法としての指定範囲にかなり応用が利くらしく、○○の周囲を覆うような障壁、というものも生み出せる。

それに障壁にも種類があって、物理用とか魔法用とか、攻撃が当たるとき以外は見えない障壁とか、バリエーション豊かだったりする。

僕にはよくわからないけど、これも普通じゃないんだそうだ。

アイビーが今張ってるのは見えない障壁――さっき言っていた、攻撃が当たるとき以外は見えないタイプのやつだ。

周囲に輝く障壁が張り巡らされてたら、カーチャも気が休まらないもんね。

アイビーは魔力を大量に込めて、念入りに障壁を作っていた。

力を入れてるときは彼女も力むし時間もかかるから、結構わかりやすいのだ。

「みぃ」

思い切り魔法を使ってちょっとやりきったような顔をしているアイビーを連れて、広すぎる庭を出て行く。

一応辺境伯の許可は得てるから大丈夫なんだけど……護衛だけど離れていいって、やっぱり普通ではないよなぁ。

辺境伯の所有地を出て、貴族街を抜けて一般区画へと入る。

すると僕らがやってくるのを見計らって、空から一匹の魔物が降りてきた。

「クルルッ！」

グリフォンのサンシタである。

どうやら貴族街には降りないようにという命令を、しっかり覚えていてくれたらしい。

「うおっ、なんだなんだっ!?」

「急にどうした!?　……ってなんだ、サンシタか。あんた新参か、びっくりさせんなよ」

グリフォンがいきなり飛んできて、慌てている人達とそうでない人達がいる。慌ててるのは僕やサンシタを遠目にも見たことのない人達で、平然としてるのは何度か目にしている人達だろう。

エンドルド辺境伯はなんというかとても派手好きなお方で……びっくりすることに、従魔が街中へ直接着陸することを領主の認可さえあれば可能にするという新たなルールを作ってしまった。

そして僕は無事（？）領主様公式認定のグリフォンライダーになり、サンシタには貴族街以外のどこへでも着陸する許可が下りたのだ。

これには僕以外の、鳥型魔物を使う人達はありがたがったらしいけど……僕からしたら正直、許可なんかいらなかったよ。

だって許可出した時に辺境伯ってば、

「お前らは毎回アクープん中に乗り入れろ。その方が面白いからな」

とか言って、着陸することを半ば強制してくるんだもの。

おかげで最初の一週間ほどは、街中にグリフォンがという阿鼻叫喚が止まらず、辺境伯が補塡してくれなければ僕が自身が出した損害額で首を吊らなくちゃいけないほどにまで事態が悪化した。

多分、彼としてはグリフォンライダーの僕という存在を周知させたかったんだろうけど……危うく借金で首が回らなくなるところだった。

正直あの時のことはもう、思い出したくないかな。

「グリフォンの着陸許可!?　領主公認!?　そんなバカな話があるかよ！」

「あるんだよ、それが。なんだ、お前はうちの領主様がバカとでも言うつもりか？」

「ばっ、そんなわけあるめぇよ！」

基本的に騒ぎは収まったけど、こうして外から来た人やアクープに帰ってきた人達には未だに驚かれたり、武器を向けられたりすることもある。

それを街の住民達が止めるという光景にも、もう慣れてきた。

……慣れちゃいけない気もするけど、そこは先を考えないようにしている。

「おいサンシタ、もう店に出せねぇ腐りかけの肉、食うか？」

《いただくでやんす！》

揉め事にならないか一応目を向けていると、降りてきたサンシタが肉屋のおじさんに餌付けされていた。

美味しそうに血の滴る肉を頬張っているその姿は、まさしく空の覇者だ。

「あ、サンシタ、サンシタだ！」

「サンシタ、サンシタ！」

そして口の周りに血をべたつかせているサンシタに、子供達が群がってくる。

その姿からは、さっきまであったはずの威厳は欠片もなくなっていた。

食事中に構われるのを鬱陶しそうにしているが、人間に手は出さないよう厳命しているので、されるがままに抱きつかれたり毛を引っ張られたりしていた。

《人気者は辛いでやんす……》

本人は哀愁を漂わせているつもりなんだろうが、毛を引っ張られたり乗っかられたりしているので、なんともしまらない姿になっている。

それを見て肩の上に乗っているアイビーが、なんだかやりきれないといった感じで首をふるふると振っている。

どうやらアイビー的には、彼女よりもサンシタの方がちやほやされていることに思うところがあるみたいだ。

「大丈夫、僕にとってはアイビーが一番だよ」

「みぃ……」

ありがとうの気持ちを示すために頭をこすりつけてくるその様子にも、やはりどこか元気がなかった。

これは僕も予想外なことだったんだけど、実はアクープの街ではアイビーよりもサンシタの方が圧倒的に人気がある。

アイビーはまだまだ認知度も低く、新種の亀型魔物であるということ以外に目立った情報もない。

変に揉め事にならないよう大きさも常に手乗りサイズになっているので、そもそも気付かれない場合も多いのだ。

彼女の真の実力を知っているのは辺境伯に近い位置にいる人間と、冒険者ギルド関連の人達くらいなもの。

対してサンシタはどうかというと、彼は空の覇者であり、一等級の魔物でもあるグリフォンなのである。

その三下ボイスも僕以外には聞こえないので、他の人の耳に届くこともない。

グリフォンというのは寓話や童話にも度々出てくるような、超がつくほど有名な魔物だ。

それゆえ皆の興味は、ほとんどがサンシタに吸い寄せられていったのだ。

領主からグリフォンライダーがアクープの街へやって来たという触れ込みがあったということもあり、僕とサンシタは今や街の有名人と有名魔物になっている。

……いや、なってしまっているって言った方がいいのかな。

もちろん最初はめちゃくちゃに恐がられていた。

飛び降りる度に周囲から人がいなくなっていたしね。

けれど、その名前がサンシタであるという事実がちょっとだけ皆の緊張や恐怖を削いでいったみたいなんだよね。

そしたら遠巻きから、恐い物知らずな子供達が、サンシタサンシタと彼のことを呼び始めるようになった。

サンシタ自身、自分の名前を呼ばれても特に気にしなかった。

そして領主の下知によりグリフォンがしっかりと僕の制御下に置かれているとわかってきた街の人達は、こう考えるようになった。

『あれ、もしかしたら今って、グリフォンのことを三下扱いできるチャンスなんじゃないか？』と。

子供達に続いてサンシタと呼ぶ大人が現れ、それが続くうちに皆がサンシタの名前を覚え、少し暗い喜びのようなものを味わった。

だが皆途中で、全く疑いもせずに自分達に接してくれるサンシタに罪悪感を持つようになり、餌付けが始まり、そしてなんだかグリフォンのくせに愛嬌があるかわいいやつじゃないかという風に認識が変わっていったのだ。

そして今や、サンシタはアクープの街の人間達に餌付けをされ、撫でられたりする存在になっている。

最初は鬱陶しがっていた彼も、餌付けをされるようになってからはめっきり大人しくなった。

どうやらグリフォン的には、食べ物を与えるというのは目上の者への献上的な意味があるらしい。

自分に貢物をしてくるなんてなかなか殊勝な人間達じゃないかと考えるようになったみたいで、最近はサンシタも何も言わないどころか、むしろ人との触れ合いを楽しむようにすらなっている。

最初は三下として扱われていた事実は、知らない方が幸せだろう。

世の中、知らない方がいいこともあるものだ。

「ようブルーノ、これから依頼かい？」

「あ、はい。適当に依頼を受けて、ゆっくり羽根を伸ばさせてやろうと思いまして」

「おいおい、しっかり街からは離れてくれよ？　なんかあったら領主様宛に領収書切るからな」

　肉屋のトムさんと別れ、ギルドへと歩いていく。

　ちなみに肉屋の壁は以前サンシタが爪を研いで削ってしまったので、僕の護衛料によって新しく塗られていた。その真っ赤な壁を見て苦笑していると、すぐにギルドが見えてくる。

　この街の人達とも、ずいぶんと仲良くなった。

　顔見知りになれたのは冒険者ギルドの人とサンシタに餌付けする人達くらいだけど、それでも相当な人数と知り合えたって言っていいだろう。

　領主の後押しがあったとはいえ、グリフォンなんていう天災みたいな魔物と、それを軽々と屠るアイビーがいて、こんな風に大過なく暮らせる僕達は、すごく恵まれているんだと思う。

　ゼニファーさん然り、カーチャや辺境伯然り、人の縁に助けられている日々です。

　騒々しくはあるけれど、平和だなぁ。

　普通に暮らせている幸運を噛みしめながら、どこでならアイビーが羽根を伸ばせるだろうかと考える。

　足取りも軽く、前へと踏み出すのだった……。

「ここなら大丈夫そうだね」

「みー」

アクープの街の西には、魔物がうようよと湧いてくる昏き森(アバドーン)という森がある。

基本的には森の外には魔物は出てこず、森の中でだけ生態系がぐるぐると回るという、不思議な森だ。

辺境伯領と隣国であるセリエ宗導国という、よくわからない宗教国家を隔ててくれている場所でもある。

なんだか攻撃的らしいその国が簡単に攻めてくることがないのは、そこにいる魔物の中に二等級とか三等級が当たり前のように存在してるらしいからだ。

だから僕も、実は昏き森には入ったことはなかったんだけど……。

「まぁ、そりゃこうなるよね」

僕の目の前では見事なまでの蹂躙(じゅうりん)が行われていた。

「みー!」

アイビーが口から光線を放ち、尻尾だけで僕くらいの大きさがある緑色のサソリを撃ち抜く。

ぴちゅんという音が聞こえたかと思うと、ビームがサソリの向かいにあった木まで纏めて貫いてしまっている。

手加減に納得がいかないらしく、彼女は小首を傾げていた。
「グルッ！」
サンシタが爪を木の魔物、トレントへと振り下ろす。
ズバッと音を立てて、一刀両断。
ギザギザとした刃の跡を残しながら爪が抜けていく。
「ガルッ!!」
その後ろに控えていた二体のトレントに対しては、口から火を吹いて対応していた。
森全体が燃えるのを配慮してか、気持ち火力は抑えてあるようだ。
どうやら手加減は、サンシタの方が得意みたいだ。
サンシタの三下態度でつい忘れそうになるが、彼は泣く子も黙る一等級の魔物だ。
昏き森にいる魔物など、まったく脅威ではないんだろう。
倒したトレントを見て、なんだか残念そうな顔をしているし。
「みぃ！」
サンシタの炎が他の成木に回りそうだったのを、アイビーの水の矢が防いだ。
それを見てハッとしたような顔をするサンシタ。
自分の過失に気付いたみたいだ。
《すいやせん、アイビーの姉御……》

「み」

わかればいいのよ、という具合に大人の余裕を持つアイビー。

久しぶりにはっちゃけられたはいいものの、上には上がいるということを改めて知ったようで、サンシタが下を向いて落ち込んでしまった。

「ああ、もうそんなに俯いてばかりいたら魔物探せないよ？　どうせなら今日の夜ご飯になるような大きい獲物を狩ってみせてよ。皆でバーベキューでもしよう」

《そ……そうでやんすね、あっし空なら負けやせん。ぶち高ぇところから獲物、見つけてきやす！》

サンシタはそう言い残して、木々を掻き分けて大空へと飛び立ってしまった。

……一応、気分転換くらいにはなったのかな？

植生が割と濃くて木々が鬱蒼としてるから、空から探すのは大変だと思うけど……頑張ってもらいたいところだ。

昏き森だろうが、彼らには普通の森と何も変わらないらしい。

これなら安心して、適当な場所を探せそうだね。

周りの目を気にせずに元のサイズに戻れる、アイビーの心を休められる場所が。

「ここなんかいいんじゃない？」

森をしばらく歩いていくと、木々の立ち並ぶ中にある広い空間を見つけることができた。

周りには倒れた樹木や焼けた草なんかが散らばっていて、黒と茶色が混ざったような地面が剥き出しになっている。

僕達がやってくる前に、割と規模の大きな戦闘があったんだろう。

この光景は結構な範囲にまで広がっていた。

昏き森は生きていて、数日もすれば木の倒れたところには新たな木々が補填されるという話だ。

それが事実なのかどうかを僕は知らないけれど、これだけ何もない場所なら、木を新たに倒したりせずともアイビーにくつろいでもらうことができそうだ。

周囲にある木を多少潰してしまうくらいなら、まあ問題はないだろうし。

「みぃ！」

アイビーが、木々が倒れている場所をなぞるような形で障壁を展開させた。

安らぎの時間を、襲ってくる魔物達に壊されないようにという配慮だろう。

なんだか眩しいなと思って上へ視線を移すと、空には先ほどまで木々に遮られて見えていなかった太陽が、ギラギラと燃えていた。

木が倒れているおかげで、ちょうどここには日の光が射しているようだ。

体感温度も、さっきまでより数度は高い。

ちょうどいい穴場スポットを見つけたなぁ、と僕はアイビーを地面へ優しく投げる。

するとアイビーがまずは僕を背負えるくらいの大きさになるので、その背に乗る。

そして無事搭乗が完了したら、そのまま更にアイビーが大きくなる。

これが僕を潰さないようにするための、二人で決めたやり方だった。

アイビーがぐんぐんと大きくなっていき、障壁にギリギリ当たらないくらいになる。

「みぃ」

いつもより低めの声で鳴く彼女。

今のは何かを言おうとしたわけじゃなくて、ただのあくびだ。

僕はあらかじめ持参していた枕を後頭部に当てて、そのまま横になる。

アイビーの背中には凹凸があるけれど、その中にはいくつか僕がすっぽりと入ることのできるスペースがあったりする。

その居眠りスポットを探すのは久しぶりだけど、まったく苦労せずに見つけることができた。

でも横になってみて気付く。

なんだか前より、空間が広くなっている。

寝返りだって打てそうなくらいだ。

起き上がって、アイビーの姿を見つめる。

——大きくなってる、前よりも更に。

もう一軒家よりもずいぶんと大きい。

家を何軒か並べたような大きさだ。

単純に考えても……数倍にはなってるかな？

いつもより声が低いような気がしたのは、その分だけ大きくなったからなのかな。

たしかに以前、私はまだまだ成長期、みたいな感じで胸を張ってた気がするけど……目に見えてぐんぐん成長してるなぁ。

一体アイビーは、どれだけ大きくなるんだろう。

……ていうかここまで大きくなると、昏き森に生えてる木なんかより全然高いから、普通に街の高台から見えちゃいそうだ。

帰ったらちゃんと説明しないとマズいかも。

なーんてことを考えつつ、広くなったスペースで寝返りを打つ。

不思議なことに、アイビーの甲羅はあんまり固くない。

それに甲羅の出っ張ってる部分がやや固いくらいで、凹んでる部分は僕が長時間眠っても身体がギシギシとしないくらいにはやわらかい。

宿屋の安物のベッドなんかよりもよっぽど上等な寝床なのである。

「おやすみ、アイビー」

「みぃ」

僕が驚いてたのを気にしたのか、さっきよりちょっとだけ小さくなったアイビーが鳴いた。

そんなに気にしなくても大丈夫だってば、安心して。

気を取り直した彼女は伏せをして、ぺたんと身体を地面につけて目を瞑る。

僕もそれに合わせて目を閉じた。

ずいぶん久しぶりだ、アイビーの背中で眠るのは――。

昼寝をすることしばし。午前中の活動で失った活力を取り戻してから、魔物の素材を適当に持ち帰って街へと戻ることにした。

すると案の定、ギルドには既に目撃情報が届いてしまっていた。

なんでも昏き森に、とてつもないほど大きな亀の魔物が突如として現れたのだという。

ご、ごめんなさい……事前連絡をしっかりしなかったせいで大事になってしまって。

ただ事前に僕が出されていた森での魔物討伐依頼を受けていたこともあって、冒険者達も『もしかしたら……』という気持ちにはなっていたらしい。

そのもしかしたらです、ごめんなさいと素直に謝ると、皆からは納得したような恐れたような顔をされた。

アイビーが元の大きさになったところを見せたことは、ほとんどなかったはずだ。

もっと大きいんですよとは言ってたけど、まさか家数軒分ほどの大きさとは思ってなかったんだろう。

ある程度打ち解けられた段階で、詳しく説明しておくべきだったかな。

時刻はまだ三時前。

ゆっくりしていたとはいえ、これならまだまだ護衛に精を出せるだろう。

そうお気楽に考えていた僕が、突然やって来たギルマスの声に踵を返して走り出した。

「おい、エカテリーナ様が襲われたってのに、護衛のお前がこんなところで何油売ってんだ！」

「狙ってくるなら僕らがいないときかなとなんとなく推測はしてたんですけど、やっぱりこうなりましたか」

「泳がせていた、というわけかの？」

「いえ、保険みたいなものです」

急いで辺境伯の本邸へ戻ると、そこには倒れている人影があった。

カーチャ……ではなく、全身を痙攣させている黒尽くめの男達が。

縄に縛られていて意識も失っていないが、身体は全く思い通りに動かないみたいだ。

アイビーの障壁は、物を守るだけじゃない。

攻撃してきた人間に衝撃を返したり、麻痺させたりといったカウンターの能力も持たせることができる。

僕は彼女に頼んで、カーチャから離れるときはそういった迎撃ができるような高度な障壁を張ってもらうようにしていた。

アイビーが疲れていたのは、実はそのせいだったりする。

無論、辺境伯にはしっかりと障壁の強度なんかを確認してもらった上で許可を取っている。

自分が離れることで、隠れている敵をあぶり出したほうが、結果的には安全かもしれません……といった具合にね。

二週間もの間手出しされていないとなると、このままだとずっと襲われないということも十分に考えられた。

護衛料をずっともらえるのはありがたいけれど、さすがにずっと要人警護をしていては、僕もアイビーも肩が凝ってしまう。それに流石に役に立たないと、僕らも肩身が狭いしさ。

だからこれで何か、新たな動きの一つでも生まれればいいなぁくらいの軽い気持ちでやってみたわけだけど……まさか僕達不在のタイミングを狙って、カーチャを襲うなんて。

一応の可能性として言っただけだったので、僕自身本当に襲撃があるとは思っていなかった。

辺境伯の子に手をかけるようなバカが本当に現れるなどとは、考えてもいなかったのだ。

しかも彼らどうやら、衛兵達を昏倒させるだけの実力があったみたい。

既にアイビーが治しているし、死人は一人も出ていないけど……これは僕の指示ミスだな。

アイビーの障壁に限界量みたいなものはないんだから、どうせなら衛兵や私兵の人達にも障壁を張っておくべきだったかもしれない。

悪用されたり、アイビーの力を言いふらされたりしたら困ると思ってたんだけど、それよりかは命を守ることの方が大切だし。

にしても選ぶのも毒殺とかじゃなくて、暗殺なんだね。

確かに僕がただのめちゃくちゃ強いグリフォンライダーだったら、その作戦も成功しただろうけど。

残念ながら僕は一般人で、規格外のアイビーがいてくれるから。

どうやらそこまでは予測と推測が追いついてなかったみたいでよかった。

本当に追いついてたら、まず手出しなんかしないだろうけどさ。

にしても生きて捕らえる事ができたから……彼らから、情報とか引き出せないのかな。

「彼らの所持品とかから身分とか判明しましたか？」

「いや、持っていたのは武器と自決用の毒だけじゃ。痺れて動けず、舌も噛めずにいるようじゃがな」

ふぅん、そうか。

「アイビー、彼らの頭の中とかのぞき見れたりする？」

「ははっ、流石にアイビーといえど精神に干渉する魔法は不可能じゃろう。そも伝心魔法(テレパス)や洗脳魔法(イクイップ)なんぞ、時代の流れに沿って消えていった禁じられた……」

「みー」

「――ってできるのか⁉」

首をこっくりと縦に振るアイビー。

そんなことまでできるんだ……って、聞いた僕が驚いてどうするんだ。

攻撃も防御も回復も、それにその他の特殊な魔法なんかもできて。

アイビーにできないことって、実は一つもないんじゃないだろうか。

僕は倒れている男達の頭に何か魔法のようなものを放つ彼女の姿を見て、そんな風に思った。

相変わらずアイビーは頼もしい。

頼りになるよね、本当に。

「みっ！」

そしてアイビーは魔法を使い、情報を探り出す。

そしてなんとそれを魔法で映像化し、僕とカーチャに見えるように空中に投影してくれたのだ。

その結果、カーチャを襲って来た奴らの正体が判明した。

彼らはセリエ宗導国の『漆黒教典』と呼ばれる、暗部を担う者達だったのだ。

昏き森を隔てて辺境伯領と繋がっているというあの不気味な宗教国家だ。

彼らはカーチャを殺せ、という命令だけを受けていた。

その上に立っている、命令を出した人達の狙いはわからない。

暗殺命令を出したそのセリエの人達は、どうして彼女を殺そうとしたんだろうか。

辺境伯家の三女を殺すことで、彼らに何かのメリットがあるってことなのかな？

政治的なあれやこれやに関して、僕はまったくの門外漢だ。

なのでわからないなりに色々と考えていたのだけれど……結論を出すのは、政治に疎い僕よりも貴族社会で生きてきたカーチャの方が早かった。

「開戦のきっかけが、欲しいのやもしれんな……」

と、真剣な表情を崩さずに言った。

開戦……わざわざ戦争をするってこと？

だって昏き森が相当な範囲に広がってるから、戦争はできないんじゃなかったの？

魔物に兵がやられて、まともに攻め込むこともできないからって。

「妾を殺して向こうが得られるメリットなど皆無じゃ。自分で言うのもなんじゃが、妾は頭が良いし、父上にも可愛がられとる。殺されれば公私両面で、父上は激怒するじゃろう」

交易すら行われてない、言ってしまえば海や山脈みたいな天然の要害に阻まれた二国間の関係。

何も行われておらず、まっさらなはずのそれを自分達から壊そうとするんだから、それなりの理由があるんだろうという話みたいだ。

「妾を利用しようとするなら、暗殺じゃなくて誘拐の方が都合がいい」

向こうには攫い婚なんてものもあるらしいので、殺すよりも攫った方が意義は大きいらしい。

「戦争、なんていきなり話が飛躍しすぎじゃない？」

「いや、セリエ宗導国は近年随分ときな臭い動きをしておる。むしろここ最近だんまりを続けていたのが、不気味なほどにな」

「戦争だなんて……」

今、人間達の国は大きな戦争をしていない。

というのも人間達は現在進行形で、魔物の対処に追われ戦っている余裕がないのだ。

僕達が暮らす大陸の隣、海を隔てて鎮座している尖った山のような場所に、強力な魔物達が住み着いている。

なんでもそこには、魔王と呼ばれる魔物達の王が存在しているらしい。

彼らは未だ先遣隊や海上戦力を小出しにしてくるだけで、本格的な攻撃まではしてきていない。

ちなみに彼らの本隊は、その名を黒の軍勢という。

以前カーチャが言っていたのは、これのことだ。

魔王軍は数十年間だんまりを続けてるし、攻めてくるのは僕達が死んでからだろうと、そう対岸の火事のように思っているのが僕も含めた大衆の意見だ。

魔物達のおかげというべきか、人間同士での戦争は起こらず、小康状態が続いていくとばかり思っていたんだけど……まさかそんなにすぐに戦争が、それも人対魔物ですらない、人対人のものが起こるかもしれないなんて。

こうやって話を聞いていても、どうにも現実感がない。

「でも昏き森を抜けるのは無理なんでしょ？　だったら攻めようがないんじゃない？」

「……たしかに、その通りじゃ。恐らく妾の考えすぎで、セリエ宗導国はただ父上に嫌がらせがしたかっただけなのじゃろう。じゃが最悪は想定しておかねば、いずれ予想を上回ったときに後悔する。ああ、あの時こうしておけばよかった……と」

老成したというか、冷静で落ち着いた物の見方をするカーチャ。

普段サンシタを撫でたり、そのお腹で仮眠を取ったりしているのとはずいぶんと印象が違う。

彼女もしっかりと、貴族の青い血というやつを引き継いでいるって事なんだろう。

暗殺者がやって来たり、自分が狙われても顔色一つ変えていないのは、辺境伯の教育の賜物なんだろうな。

にしても戦争か……冒険者になった僕が言うのもなんだけど、物騒な話だ。

四等級以上になると、基本的に戦争には参加させられるし。

彼女の予測が外れることを願うばかりである。

「また襲撃があるって考えると、こういうあぶり出しをするのは危ないかもね」

僕はアイビーのことを信じているけれど、彼女が絶対に負けないとまでは過信していない。

彼女より強い生き物なんか存在しないと言いきれるほど、僕は楽観主義者ではないのだ。

障壁を破る方法、みたいなものがあれば次はカーチャが危ないかもしれない。

カーチャのプライベートに踏み入る形にはなるけれど、もうしばらくの間は一緒にいた方がよさそうだ。

四六時中一緒ということになると、部屋なんかも用意してもらった方がいいかもしれない。

「そうじゃな、それがよかろう」

彼女の許可も得て、僕は今まで以上に長時間、護衛として働くことになった。

——結局これ以降、カーチャが襲われるような事はなかった。

けどそれからしばらくして、思ってもみない事件が起きた。

今まで出てこなかったはずの昏き森の魔物達が、突如として辺境伯領へと侵攻を始めたのだ。

That turtle,
the storongest on earth

第五章
僕の覚悟、アイビーの本気

冒険者ギルドへ、緊急依頼と呼ばれる受けることを強制させられる特別な依頼が張り出されることになった。

依頼名は辺境伯領の防衛、その内容は昏き森から湧き出してくる魔物達から、このアクープの街を守ることとである。

数日前昏き森に入り魔物討伐をしていた冒険者達が、魔物の数が激減していることを報告した。

そして真相を確かめるべく放った鳥型魔物の従魔と視覚共有をしたテイマーが、魔物が森の奥深くで隊列を組んでいることを確認。

通常魔物にそんなことをする知能はない。

魔物というのは、たとえ同じ種族だろうが、エサがなくなれば共食いをし合うような、良くも悪くも獣のような存在だからだ。

つまり彼らは何かに操られている、ということになるとは思うのだが……その黒幕の正体が何なのかは未だわかっていない。

しかし、わかっていることもある。

それは魔物達が大きさも区々で稚拙ではあるが、隊伍を組んで軍隊のように行進を始めたこと。

辺境伯領において、昏き森に接している街はアクープだけではない。

だがどういうわけか、魔物達は皆一様にアクープの街を目掛けて進軍を始めている。

恐らくはまず最初に、辺境伯領の中でも栄えているこの街を落とし、勢いそのままに他所(よそ)を侵略しようという意図なのだろう。

そんな侵攻のやり方さえも、どこか人間くさく、本能のままに生きる魔物らしくない。

今頃他の場所にも、同様の依頼が張り出されていることだろう。

が、冒険者達はまず魔物達の襲撃の第一波を食い止めるため、かなりの数がアクープへと集結している。

僕は冒険者ギルドへと向かう道すがら、カーチャの言葉を思い出していた。

戦争を求めているセリエ宗導国の怪しい動き。

未だピースは揃わずなんの確証もないが、この魔物の襲来には人間が関わっているのかもしれない。

それがセリエ宗導国であるとするのなら、魔物達に街が蹂躙されるというのはただ破壊され逃げるというのとは訳が変わってくる。

魔物達の動きが橋頭堡（きょうとうほ）を作るような役割になっているのかもしれないし、もしくは何か本命を隠しているのかもしれない。

なんにせよ僕はこの街を守るために、戦うつもりだ。

そしてその気持ちはアイビーもサンシタも、同じようだった。

僕達が想像していたのとは随分形は違ったけれど。

それでも送る毎日は平和で、温かかった。

それを壊そうとする奴らがいるのなら、魔物だろうと人間だろうとそれは僕達の敵になる。

ただ一つ、気がかりというか胸のつかえになっていることがある。

これからこなす依頼は、戦いだ。

大量の魔物を倒す、戦争のように激しい戦いだ。

僕はそれに、アイビーを巻き込まなくちゃいけない。

僕には、何もできないから。

彼女は、何でもできるから。

今までの、地位の高い人達と繋ぎを作って、安定した生活を送るための散発的な戦いとは訳が違う。

規模も違うし、目的も違う。

戦いの規模は大きく、そして敵は大量だ。

一匹一匹ならそれほど問題はないだろうが、今昏き森の魔物は皆がこちらに向かってきているのだ。

その数は数千とも数万とも言われている。

それだけとてつもない物量となれば、アイビーだってどうなるかはわからない。

もし魔物達をなんとかしようとするのなら、アイビーは相当な力を使わなければいけないはずだ。

被害を出さないようにするとなると、本気を出すために、本来の大きさになる必要があるかもしれない。

もし彼女が全力を出して敵を追い返すことができたとして。

アクープの街の皆は、そんなことのできるアイビーを、化け物としてではなく今まで通りに見ることができるだろうか。

できないのなら、きっと彼女は傷つく。

僕はアイビーの心が、それほど強くないことを知ってるんだ。

村の皆に酷いことを言われたとき、深夜に誰にも見られないよう、こっそりと泣いていたのを僕は知っている。

だからこそためらってしまう。

こういう風に自分ではなく彼女を矢面に立たせてしまえば、アイビーの心はいつか削れて、すり切れて、壊れてしまうんじゃないかって。

僕は感情を消化しきれぬまま、アイビーの首筋をなでた。

「み～」

擦るようになで上げてやると、いつもよりもずっと高い声が出た。

くすぐったいのと気持ちいいのとで、幸せそうな顔をしている。

僕の肩に乗る彼女は、とてもではないがグリフォンを簡単に蹴散らすような魔物には見えない。

「ごめんねアイビー……結局僕は、君に戦いと無縁な生活を送らせることができなかったよ」

僕は本当はアイビーと一緒に適当に薬草でも採って、半日は寝て過ごすような生活をするつもりだった。

まぁたしかに三食昼寝付きで、何不自由ない生活はできてるけど。

想定していたよりもずっと、僕達の冒険者生活っていうのは波乱に満ちていて。そしてアイビーの力は、方々から重宝されるほどすごいものだった。

アイビーは人に恐がられたり、嫌われたりするのが嫌いな優しい子だ。

そもそも戦うのだって、本当はそんなに好きじゃない。

そんな彼女を矢面に立たせて、戦わせなくちゃいけないことに申し訳なさを感じてしまう。

僕がやってきたことのほとんどが、間違っていたんじゃないかという気持ちになる。

ああ、きっとアイビーの飼い主がもっとしっかりした奴だったら。

彼女は今よりもずっと自由で素敵な生活ができていたんだろうなぁ。

「み！」

うなだれていた僕の頭を、何かが撫でた。

慣れない感触に飛び跳ねるように顔を上げると、そこには白くて半透明な手が浮いていた。

五本の指がついていて、手の大きさはオーガくらいでかなり大きい。

手だけが浮くなんて怪奇現象が、そう簡単に起こるわけない。

そんなことができる子なんて、アクープの街広しといえど彼女だけだ。

アイビーは魔法で、手まで出せるようになったらしい。

「慰めてくれるの？」

「みぃ」

甘えるな、とアイビーの出した手が僕の頭をデコピンした。

痛い。

手の大きさがとんでもないから、デコピンなのにめちゃくちゃに痛い。

甘えるな、ね。

厳しいね、アイビーは。

「みー」

森の方を見つめる彼女の身体からは、戦意があふれていた。

必要なら戦うことをためらいはしないらしい。

彼女の決意を秘めた瞳を見れば、どれだけの思いを胸に秘しているのかがわかってしまう。

僕はアイビーに、無理をさせてばかりだ。

「み……」

心配しないで、とアイビーが僕の肩の上をテクテクと歩いて、そのままぴょんと飛び降りた。

そして重力魔法を使ってふよふよと浮いて、僕と同じところまで目線を合わせてきた。

「みーみー」

たとえ何があったとしても。

ブルーノだけは、私が守るから。

彼女の思いが、伝わってくる。

その思いやりに、自分が情けなくなった。

――アイビーだって不安なんだ、当たり前のことじゃないか。

何でもできる彼女にだって、何が起こるかなんてわからないんだから。

そんな彼女に重荷を背負わせて。

心配するなとまで言わせて。

それで何もしないっていうのは、男じゃないよな。

フッと笑ってから、目の前で浮いているアイビーの小さなおでこを爪で叩いた。

さっきのお返しだ。

「みっ!?」

「心配させてよ。喜びも悲しみも、辛いことも嬉しいことも共有しよう。一緒に暮らそうって、会った時に約束したじゃないか」

アイビーが辛い気持ちなら、僕もそれを共有するよ。

辛いことは分けあって、半分こにしよう。

アイビーが嬉しい気持ちになれるなら、僕も嬉しいよ。

嬉しいことは二人で一緒に感じて、二倍にしちゃおう。

あの日アイビーは僕の家族になった。

家族っていうのは、誇張でもなんでもない。

アイビーの立ち位置は、そうだな……僕のお姉さんと妹の間ぐらいだろうか。

「僕も君を守るよ、アイビー。だから君の好きなようにするといい。それに全部失敗したら、また別の場所でやり直せばいいさ。君にはそれだけの力があるんだから」

だから僕は彼女がどんな感じ方、思われ方をされたとしても、アイビーを助けるために動く。

家族っていうのは、支え合うもの……そうだろ？

肯定するように、アイビーが鳴いた。

威力偵察も兼ねて攻撃をしているはずのサンシタは、上手くやれているだろうか。

そんなことを考えていると、僕達は気付けば冒険者ギルドへと辿り着いていた。

ギルドへやってきて依頼を受けようとしていた僕らを、ムースさんが止める。

そして慣れた仕草で、僕達をアンドレさんのところまで連れていってくれる。

もう何度目になるかもわからない。

周りの冒険者の人達も、明らかに特別扱いされてる僕達を見ても、もう何も言わなくなっている。

数日ぶりに見るアンドレさんは、明らかにやつれていた。

何度も顔を合わせているからつい忘れそうになるけれど、彼は冒険者達を取りまとめるギルドマスターだ。

魔物の襲撃のせいで、今はまともに休む暇もないのだろう。

「お前達にはとりあえず、最前線に立って戦ってもらう」

「はい」

元々そのつもりだったので、すぐに頷く。

どうやら僕らには知り合いの冒険者達と一緒に、最前線で魔物達を食い止める役目をしてもらいたいらしい。

今回冒険者側の作戦は、一番前と一番後ろに実力者を置くという単純なものだ。

一番前にいる者達が魔物を蹴散らし、討ち漏らした奴らをその後ろの方にいる者達が倒す。

そしてどうしようもなくなった時のための最終防衛ラインとして、最後尾にも実力者を配置するという作戦らしかった。

冒険者達には戦争の経験のあるものも多いが、彼らはあくまでもパーティーで行動をする。

団体行動や集団行動なんかは、どうしても苦手な部分も多い。

「というかな、どんな戦いになるとしても今回の鍵はお前らなんだよ」

「僕達ですか？　確かシャノンさんや他の一等級の人達もいたと思うんですけど……」

今回の作戦には、僕も知っている人達が何人も参加している。

前にグリフォンをどかそうとした時に一緒に行動をしたシャノンさんも、以前僕達に冒険者のイロハを教えてくれた『ラピスラズリ』の皆様方も参加するみたいだった。

たしかにアイビーが真の実力を出したのなら、僕達が一番強いとは思う……もしかしたら、うぬぼれかもしれないけどさ。

でもギルマス達からすると僕達は、グリフォンをテイムできたという規格外なことはあっても、実力は一等級パーティーくらいだと思われているはずだ。

恐らくグリフォンを倒せるような冒険者パーティーの面々も、この作戦には参加してるはずだから。

「お前らはこの二週間で、そりゃもうメチャクチャに名前を売った。グリフォンライダーのブルーノと言えば、その名を知らない奴はこの街にはいない。辺境伯の喧伝もあっただろうが、今のお前達は他の一等級なんかより顔と名前を覚えられてる。わかるか？　つまりお前らは、街の皆の心の支えになり得るんだよ」

「支え、ですか……」

気付けば、拳を握りしめていた。

歯を食いしばって、自分という人間を冷静に見つめ直す。

そうだ。

皆から見れば、僕はグリフォンライダーなんだ。

実際の実力なんか関係ない。

僕がただのひ弱で、荒事は全部アイビーに任せるような男だなんて皆は知らないんだから。

グリフォンを従えるような英雄がいるというだけで、皆の心に希望の光を点すことができる。

僕だってもし一般市民の側だったら、物語の主人公のようなグリフォンライダーの男がいれば、勇気を奮い立たせただろう。

アンドレさんは僕に、皆の精神的な支柱になれという。

きっと彼は僕の実力なんて見透かしてるだろうに、そういう役目を負えとそう言ってくる。

無茶を言う人だ。

アイビーのためという理由がなければ、僕はきっとそんな面倒を引き受けることはなかっただろう。

「わかりました。僕達が一番前で、魔物達を止めます。全力で、昏き森を破壊するくらいの勢いで」

「この際実際に壊しても構わん。今後魔物の動きに指向性がつくようになるんだとしたら、昏き森を今までのように放置することは難しくなるだろうからな」

でも僕は引き受ける。

だって、やるって決めたんだ。

たとえブルーノという人間が、おこぼれに与っただけのハリボテの英雄なんだとしても。

グリフォンライダーなんて大層なものじゃない、ただの凡人だったとしても。

それでも皆の力になりたい。

そしてアイビーの隣に立っていたい。

何より彼女の、支えになりたい。

実力が伴っていなくとも、虚像の上に虚像を重ねた偶像のヒーローだとしても。

僕にもできることがあるはずだ。

英雄の僕になら、アイビーが全力で暴れたとしても、怖がる皆をなんとかすることができるかもしれない。

……いや、かもしれないじゃない。

やるんだ、やらなくちゃいけないんだ。

街の皆が僕を英雄だと呼ぶのなら。

偽物の英雄の僕が、アイビーを本物の勝利の女神へと変えてみせよう。

「僕らは全力で魔物を討伐します。後処理は任せました。きっと凄いことになると思いますけど」

「……はは、そんだけ軽口が叩けるんならまぁ上出来だろう。頑張れよ、ヒーロー」

去り際のアンドレさんの言葉は、バカな奴らを見送る大人の言葉だった。

僕達が決死の覚悟を持って、死地へ臨もうと思ってるみたいな口ぶり。

それは彼の勘違いだ。

だって僕もアイビーも死ぬつもりなんてない。

そんな不安も、恐怖も、ご大層な覚悟なんてものも、欠片ほども抱いてない。

魔物なんか怖くない。

本当に恐いのはアイビーの真の力を皆が知った、その後のことだ。

……正直な話、僕は今だって怖いよ。

でも僕は、アイビーをもう怖がらせるつもりはない。

僕が前に立つ。

全ての責任を、この身に負う。

グリフォンライダーとして。

アイビーとサンシタを使いこなす、空前絶後の従魔師として。

きっとそれが僕にしかできない役目で。

アイビーを守ってやれる、たった一つの冴えたやり方で。

地上最強の彼女の隣に立ち続けるために、必要なことだと思うから。

「さぁ、行こうアイビー」

「みぃ」

「僕も一度も見たことのない、君の全力で……敵味方、全員の度肝を抜いてやるんだ」

「みーみぃ！」

僕は歩き出す。

前を向いて歩き出す。

もう俯かずに、ただ前だけを見て。

肩に愛する家族を乗せて、僕は戦場へ向かう——。

昏き森——あらゆる生物の侵入を拒み、人間が擁する軍隊すら退けてしまうその天然の要害は、今やその役目を全く果たしておらず、機能不全を起こしていた。

森の中の生態系を維持する上で必要不可欠である、食物連鎖のピラミッドの下にいる比較的弱い魔物達……その数が減ってしまっているのだ。

上の方にいる強力な魔物達の数が増えたのが、その理由である。

本来なら互いに食い合い、数の帳尻が自然と合っていくはずの強力な魔物達の個体数が減少していないのには、もちろん理由がある。

「いやぁ、相変わらず凄いですなぁ。この黒笛というやつは」

頭に三角巾を被った、でっぷりとした肉体をした男が機嫌よさそうに何かを見上げている。

彼の目線の先、その肥え太ったオークのような腕の先につく、ソーセージのような指先には、一つの笛がある。

彼が黒笛と呼ぶこの魔道具は、魔物を使役し、意のままに操ることのできるという破格の性能を持つ魔道具だ。

彼――スウォームは元は二等神官の身でありながら、この黒笛の力を使うことで今は枢機卿と呼ばれる、教会内でも有数の立場にまで上り詰めている。

暗殺だろうが毒殺だろうが、魔物を使えば思いのままだ。

魔物の襲撃があったという証拠は残っても、彼が魔物をけしかけたなどという証拠はどこにも存在しない。

なぜなら黒笛を生み出したのは、彼が所属するセリエ宗導国でなければ――まして人間の国ですらないからである。

「黒笛――笛吹き魔神（ハーメルン）を早く使った方がいい。完全に準備を整えられてしまえば、相手にそこまでのダメージを与えられないかもしれないからな」

彼の向かいに、一人の男が立っている。

立っている、という言い方は正確ではない。

なぜなら彼の身体は下半身へ向かうにつれて徐々に透明になり、足下にはただ地面が存在しているだけだからだ。

その頭には赤く、磨き上げた鉱石のように輝いている二本の角が生えている。

顔の造形自体は人間に近いが、むしろそれが角と身体の異常さをより際立たせるという結果を生んでいた。

幽鬼と呼ばれる実体を伴わない霊体を持つ魔物達の中でも、最上位に位置している魔物である『黄泉』のキッシンジャー。

彼は十人しかいない魔王軍の幹部の一人である。

幹部は『魔王十指』と呼ばれており、その実力は左第一指から右第五指の順に強くなっていく。

キッシンジャーに与えられたのは、左の第四指。

上から数えると、魔王を除いて七番目に強い重鎮だ。

彼は幽鬼の中でも特に珍しく、唯一魔物（ユニークモンスター）という他に例を見ない魔物であった。

霊体にもかかわらず、精神だけではなく肉体にも干渉することができる。

相手の物理攻撃を食らわずに、こちらから一方的に攻撃を加えることができるその力は、彼を十指の地位にまで押し上げた。

五位以内の右手指に入ることができていないのは、魔法による飽和攻撃に弱いという弱点があるからだ。

だが魔法に弱いと言っても、自分と同等かそれより上の者のものでなければ、基本的にダメージは通らない。

魔法に関しては魔王軍と比べてはるかに劣る人間達の住む大陸において、彼はほぼ無敵に近かった。

彼は魔王からとある密命を受けたため、密入国を行い、傀儡（かいらい）としてスウォームの面倒をここまで見てきた。

地位もなく我欲だけがあった彼を操り、そそのかし、仄めかし、煽動してようやく枢機卿の地位にまで上り詰めさせたのだ。

今現在、セリエ宗導国ではスウォームによる国内の改革が進んでいる。

聖女は既にすげ替えられ、彼にとって都合のいい新たな聖女が誕生しており。

忠実な聖戦士達のうち、恭順を示さなかった者達は不慮の事故に遭ってもらっていた。

スウォームは元々、それほど能のある人間ではない。

彼がそれだけのことを、やってのけたのは、協力者であり共犯者であるキッシンジャーのおかげだった。

キッシンジャーのアドバイスに乗り、彼を相談役として側に置くことで、スウォームは今や宗導国の実権を握ることに成功している。

内側を掌握することができたのなら、自然思考は外へと向いていく。

スウォームは川が高きから低きに流れるようにごくごく自然に、新たな標的として隣国を見据えた。

無論それすら、キッシンジャーの仄めかしによるものである。

彼はいつものようにキッシンジャーに教えを乞い、まずは黒笛の力を使って魔物をけしかけ、力を削り取られた王国へ侵入し蹂躙せよという答えを得た。

彼は言われるがまま、侵攻のための準備を整えている。

自分の鶴の一声があれば、魔物に蹂躙された王国へ攻め込むことは容易である。

「ふ、ふふふ……これで我が国の繁栄は約束されたようなもの」

「ああ、お前の国はかつてないほどに繁栄し、お前は限りない名誉と富を得るだろう」

「これからもよろしくお願いしますぞ、キッシンジャー様」

スウォームは気付かない。

キッシンジャーの目が怪しく光っていることにも。

自分が彼に言われるがまま、他国へ侵略しようとしていることにも。

一国の王に近い地位にある自分が、キッシンジャーへはへりくだった態度を取っていても、スウォームはなんら不思議には思わない。

笑い声をあげるスウォームの横で、幽鬼はつまらなそうにため息を吐いていた。

彼は髪をかき上げ、それを角に巻き付けながら、

「こんなことになんの意味があるのか……あの方の考えはいつもわからない」

キッシンジャーが受けた密命とは――『魔王の対となる存在である、勇者を発見すること』である。

『魔王は勇者によって討伐される』

かつてメギラゴという竜の国の首座であった、竜巫女と呼ばれる女が下した神託の一説だ。

だがそもそもそんなものが下されたのは、今より数千年も昔の話。

メギラゴ自体大昔に滅んでいるし、竜巫女などという人物が本当に居たかどうかさえ定かではない。

神託自体が創作であるというのが一般的な考えであり、キッシンジャーも似たような意見を持っていた。

キッシンジャーからすれば、そんな眉唾な情報を信じられるはずがなかった。

魔物の王であるからこそ、魔王と名乗ってはいる。

だがその名乗りの一致は、ただの偶然だろう。

勇者などという、魔王に匹敵する人間が存在するとは到底思えない。

「大体人間と魔物の間では魔法のレベルが違う。魔王様に伍する人間がいるわけがないだろう。もしいるとするのなら……それはとんでもない脅威になるだろうが」

人間界を侵略することは、魔王の座をかけて争った日々と比べれば遊戯としか思えない。

魔王様が命じて下されば、我ら十指が一瞬で征服を終えるというのに……。

考えていることを口に出す癖のあるキッシンジャーの声は、ぶつぶつと何かを呟いているスウォームには届いていない。

操られている彼の姿は、死している幽鬼よりも生気を感じさせぬ虚ろなものだった。

今、スウォームには暗示がかかっている。

自分がやることはそれがどんなことであれセリエ宗導国のためになる、そしてキッシンジャーの言葉は預言者の言葉であるという二つの暗示が。

つまらなそうな顔で、進軍している魔物達の背を見つめる幽鬼。

「魔王様……あなたのやり方は遠回りで、非効率だ。人間ごときに手間をかけても、時間の無駄です。勇者……でしたか？　そんなものが本当に存在するようには思えません」

まぁ、いいですと独りごちてから、キッシンジャーは胸ポケットに挿していた魔道煙草を口に入れた。

突き抜けるような爽やかな香りが、彼の鼻腔から脳天を貫く。

思考は明瞭になり、迷いやためらいは消えた。

「とりあえず国をいくつか潰せばわかることか。……おい、そろそろ出せ」

「行くのだ！　我らが魔物達よ！　我らがセリエの栄光と、勝利のために！」

スウォームが笛を握り、大きく息を吸ってから吹いた。

魔物の可聴域で発されるその高音は、魔物達にとっての興奮剤のような効果を示す。

笛によって指向された場所へ、その残虐性を遺憾なく発揮するようになるのだ。

笛吹き魔神と呼ばれていた魔道具が光り、魔物達が獰猛な咆哮を上げ始める。

彼らは恐怖が消え、痛覚はなくなり、精魂尽き果てるその瞬間まで戦い続ける死兵と化す。

視界いっぱいに広がる魔物達の向こう側には、人が住んでいる街の姿が見えている。

人間共の命運が尽きるのも、もうすぐそこだ。

蹂躙自体には興味のないキッシンジャーは、することもないので空を見上げていた。

魔物達の鳴き声が遠くから聞こえ始めた。

恐らくは、戦いの尖端が開かれたのだろう。

前に進む足取りは遅いため、未だ先頭の様子は見えてはこない。

今から攻める街の人間達の中にどれだけ優れている者がいようとも、数の前ではいずれ力尽きるのがさだめ。

もし大量の魔物を殲滅(せんめつ)できるような者がいるとしたら、それはキッシンジャーの仕える魔王その人くらいなものだ。

あるいは——彼女がひどく恐れている存在である、勇者か。

「「ギャアアアアッ!!」」

魔物達の声がどんどんと大きくなってくる。

森を覆う黒々とした木々の間を抜けていくと、ようやく視界が晴れ始めた。

樹木に左右の視野を防がれていたことから解放され、少し気が安らかになる。

城壁で覆われているために、先頭から中盤にかけてはゴーレムや巨人(ギガント)等の巨大な魔物を配置させた。

既に城壁に取りついて壊してしまっているだろうか。

それとも人間達が必死に、それを防いでいるだろうか。

一応念のために、自分が出る必要も考えておくか……などと考えていた彼の目に映ったのは、到底信じられぬ光景だった。

「……なっ!?」

彼の視界に入ってくるのは、巨大な魔物達によって崩されている城壁のはずだった。

だが予想とも想定とも大きく異なり、かなりの魔物が向かっていったにもかかわらず、城壁自体には傷一つついてはいない。

何故進軍がまともに行えていないのか。

その理由は、目の前に広がっているものを見れば一目瞭然だった。

思わず言葉を失ったキッシンジャーの目線の先には――巨大な亀がいたのだ。


「みぃぃ！」

そこにいたのは、信じられないほど大きな亀型魔物だ。

その高さは、キッシンジャーの遠近感が狂っていないのならば城壁の数倍もある。

横幅は彼のいる場所から見える街の横の長さを超えていて、視界にはほとんど亀しか映っていない。

唖然とする彼は、よく見ると亀の前に真っ青な血だまりができていることに気付く。

それはオーガやゴーレム、巨人にサイクロプスといった大型の魔物が、全てあの亀によって踏み殺されていることの何よりの証明だった。

亀が足を振り上げて、落とす。

それだけで何十という魔物が死に絶え、その振り下ろしによる衝撃波が更なる被害を生んでいく。

おぞましい雄叫びをあげた亀の周囲に、無数の魔法陣が生み出されていく。

数えるのも馬鹿らしいほどの量だ。

シングルアクションと呼ばれる、単一の動作からなる魔法を、その亀は信じられぬ物量で繰り出す。

それは魔法の技術ではなく、魔力量に飽かせた魔法のごり押しに他ならない。

亀の周りを取り囲むように生じた魔法陣から、光の矢が飛び出して行く。

風を切る鋭い音が走ったかと思うと、キッシンジャー達の前に居る魔物の軍勢にその矢の雨が降り注いでいく。

中には咄嗟（とっさ）に防御魔法を展開させたものもいたし、それができないまでも防御姿勢を整えることのできた魔物も多かった。

しかしその全てを嘲笑うかのように、光の雨はあらゆる魔法を貫通し、肉体を貫徹し、間にある障害物すら易々と通り越して地面に大きなクレーターを穿（うが）っていく。

彼の目の前で、何十何百という魔物達が息絶えていく。

頭を打ち抜かれ、胸を射貫かれ、至る所で血の花が咲く。

ドドドドドという轟音が、キッシンジャーの鼓膜を揺らし。

悲鳴を上げる魔物達の声が、呆然としていた彼の意識を覚醒させた。

「な……なんなのだあの化け物はっ!!」

目の前にいる、見たこともないほどに巨大な亀。

全身を魔物の血に浸し熟成でもさせたかのような、藍色の身体。

その目はキラリと不気味に光っている。

シングルアクションの魔法を大量に使用し、大群を相手にするなどというバカなことを普通の魔物はしない。

そんなことをせずとも、複数の工程を踏んだ大規模魔法を放てば、より少ない魔力消費量で、より大量の戦果を出すことができるからだ。

あれほどまでに非効率な魔法を使ってもなお、これだけ高い戦闘力を持っている。

その事実がキッシンジャーに、強い警戒心と恐怖心を抱かせた。

もしあの亀が魔法の特訓でもしようものなら、その脅威は更に膨れ上がることが予想された。

「む……なんだ、あれは？」

巨大な亀の魔物の周囲を飛び回るように、何か小さな魔物が動いているのが見える。

その魔物は亀を攻撃しようとするのではなく、ただただ周囲を飛び回っているように見えた。

今回キッシンジャー達は昏き森の魔物達をけしかけている。

そのため空を飛べるような魔物はほとんどいなかった。

弱い魔物を数匹ほど使役しているだけで、そいつらは既に墜落させられているはずだ。

だとすれば、いったい……と目を凝らした彼は、魔物が決して小さくないことに気付く。

縮尺がおかしいだけで、単体で十分な大きさを持つ、彼もよく知る魔物だったのだ。

グリフォン——有翼種の中でも上位に位置する、魔王の治める魔国でもあまり数の多くない珍しい魔物だ。

グリフォンが何故あの魔物の周囲を……と考えていると、グリフォンがその背に何かを乗せているのが見える。

ありえないことに、そこに乗っているのは人間だった。

未だ年若く、あどけなさの残る少年だ。

彼はグリフォンの背にまたがりながら、亀の周囲を飛びつつ何やら声を発している。

亀は彼を打ち落とすことなく、魔物へ攻撃を放ち続けていた。

本来なら憎むべき存在である人間を、倒す素振りもみせない。

キッシンジャーの脳裏に電撃が走る——。

（あいつが……あの亀の魔物を、操っているのか？）

グリフォンライダーとして空を駆けているということは、グリフォンを己の制御下に置いているという何よりの証。


亀の魔物も、あの少年に対して攻撃を行ってはいない。

いやそれどころか、攻撃が彼に当たらぬよう配慮しているような節も見受けられる。

亀と少年になんらかの因果関係を見いだすのは、なんらおかしなことではなかった。

人間の街は笛吹き魔神を使い、数倍にもなる魔物達の力を用いて、簡単に挽き潰せるはずだった。

「みぃぃぃ!」

だというのに今、魔物達は明らかに押されている。

いや、そんな表現をすることすら生ぬるい。

彼らは今、一匹の魔物によって完全に流れを堰き止められ、蹂躙されている。

数はみるみるうちに減っている。

傍目に見ていてもわかるのだから、そう遠くないうちに殲滅させられるのは間違いない。

今まで見たことも聞いたこともない、強力な魔物。

それを使役し、更にはグリフォンの上に搭乗する少年。

キッシンジャーは馬鹿げていると一笑に付した、とある単語を脳裏に閃かせた。

「勇者――まさかあやつが、勇者なのか!?」

単体で魔王に匹敵するとされる、人智を超えた力の持ち主。

大昔の迷信に違いないと高を括っていたが……こうして力の片鱗を見せられれば、信じないわけにはいかなかった。

キッシンジャーは確信する。

目の前のあの少年こそが、魔王様が何よりも恐れ念入りに調べ回っていた勇者なのだ……と。

彼はグリフォンだけではなくあの亀型魔物まで使役し、自分の力を使わずに大量の魔物達を殲滅している。

その力は、果たしてどれほどのものか。

彼の喉の奥に、見えない刃が突き刺さった。

そのつっかえの正体は、今までならばあり得ぬと一笑に付していた推測である。

(――あの者の力は、間違いなく魔王様に届きうる)

戦って勝てるだろうか。

いや、魔王が直接戦うとなれば話は変わるだろうが、キッシンジャーが挑んだところで万に一つも勝ち目はないだろう。

それならば、私にできることは――高速で頭を回転させたキッシンジャーは自分に下された命令を、即座に思い出す。

彼は寸暇を惜しんで高速で通信魔法を発動させた。

媒介となる魔水晶を用い、遠隔地へメッセージを送ることのできる特殊な魔法だ。

『勇者トハ、巨大ナ亀トグリフォンを使役セシ少年ナリ。至急調査サレタシ。ソノ者ノ爪牙、魔王様ニ届ク可能性アリ。我身命ヲ尽クシ、コレヨリ勇者ニ挑マントス』

あまり長くは送れないため、今伝えられるメッセージはこの程度が限界だった。

だがあれだけ強力にして巨大な亀と、人間達の間で神の使いなどとあがめられているグリフォンを使役しているとなれば、その情報を探すことは容易いだろう。

今のキッシンジャーでは届かぬとしても、自分よりも上の十指の誰かが、それでも無理ならば魔王様があの人間を誅してくれるはずだ。

本来ならば、今すぐに逃げて更なる情報をもたらすべきだ。

しかしそんなことを、目の前にいる敵が許してくれるとは到底思えなかった。

それに彼は幽鬼としては頂点に近い位置にいると同時に、一匹の魔物でもある。

強い敵を見れば戦いたくなるという、魔物の持つ衝動は、抑えきれるものではない。

彼は自分が魔道具を渡したスウォームがどうなっているかなど確認もせぬまま、一人大きく空を飛んだ。

幽鬼と呼ばれる重量のない魔物である彼にとって、空を飛ぶことはなんら難しくはない。

彼は木々の葉を越え、徐々に近付いてきている夕暮れへ同化するように高度を上げていく。

そして一気に身体を前に倒し、少年目指して加速を開始した。

魔王十指を襲名している彼の飛行は、風を切り、音を置き去りにしてもなお速度を落とさない。

慣性制御を手放し、一切の制止をせぬままただただ速度を上げていく。

彼の目的は、生き残ることではない。

勇者に一矢報い、あわよくば刺し違えることだ。

そのためあまりの加速に周囲の風が刃のごとくうなっても、キィンとした耳鳴りが身体の異変を届けても、その手を弛めはしなかった。

人間が魔物を使役するテイムの魔法は、あくまでもその人間と魔物をつなぐもの。

人間本体を殺せば亀とグリフォンの制御は解け、彼らは野生へ帰るはずだ。

（――それに一度直に、勇者とやらの実力を確認しておく必要もある）

自分が戦った情報は、生き残った魔物達の中の誰か、もしくはここでのぞき見をしているであろう他の十指達が汲み取ってくれるはずだ。

「ならばここで私が特攻を仕掛ける意味もあるというものっ‼」

キッシンジャーは亀を無視し、グリフォンの背に乗る少年だけを目指して自分の持てる全ての力を注ぐ。

この一瞬で全てが決まるとわかっているため、当然発揮するのは限界を超えた力だ。

魔力で構成されている彼の身体が、加速と衝撃によりゆらゆらと輪郭を失い始めた。

あまりにも急激に行使され続ける魔法に、魔力が既に底を尽き始めているのだ。

魔力の体を持つ彼にとって、それはあまりにも致命的な状態。

しかし彼は死を恐れるのではなく、今自分が死ぬこの一瞬のうちに起こったことを、誰かが確実に魔王に伝えることだけを願っていた。

幸い、亀の魔物の迎撃はなかった。

魔物達の対応に追われてか、それとも勇者の実力を信じているのか。

——近付いていた距離が、更に近まり、零へと変わる。

加速以外一切の術式を使用していない、キッシンジャーの持てる魔力の全て、命すらも費やしたその渾身の体当たりは、少年の身体に当た……ることはなかった。

キィンという、障壁が硬い物を弾く軽い音が響き、キッシンジャーの突撃は阻まれてしまう。

恐らくなんらかのカウンターを仕込まれていたのだろう、跳ね飛ばされる速度は先ほど自分が出せていた全力のその上をいっていた。

鼻から青い魔力を噴き出し、目を血走らせながらキッシンジャーが少年へ手を伸ばそうとする。

しかしその手は空を切り、彼は遠くまで吹っ飛ばされていく。

キッシンジャーは、少年が驚いたような顔をしているのを見た。

自分が狙われるとは、まったく予測していなかったとでも言いたげな様子だ。

それほどまでに無防備で、大した警戒もしていないはずの勇者の障壁に、自分の渾身の一撃がいなされた。

甲高い、耳障りな音が耳朶(じだ)を打ち、そのまま全身を震わせた。

キッシンジャーは見た。

今吹っ飛ばされている自分を追いかけるかのように、幾つもの光の矢が円軌道を用いて自分の方へと飛んできていることを。

カウンターを食らいのけぞっている今、障壁や防御魔法を使うだけの余裕はない。

彼は周囲に地鳴りのように響く魔法の残響にかき消されてもなお、叫び声を上げた。

目の前に広がる光景と、それを生み出した者達への警鐘を。

「魔王様!!　奴らは……あの勇者は危険です、危険すぎます!!　あやつらを倒さねば、我々はっ――」

その言葉が最後まで意味をなした言葉になることはなかった。

一矢が彼の目を突き刺し。

二矢がその喉元目掛けて弧を描き。

三矢が魔物の根源たる核を射貫き。

夥(おびただ)しいほど大量の矢が、彼の存在を消滅せんと降りかかったからである。

魔物を操っていた黒幕であるキッシンジャーが死に。

それに伴いスウォームにかかっていた暗示は解け、魔物の襲撃は収まった。

魔物達は互いに争いながら、再び昏き森へと帰っていく。

その後退に巻き込まれ、スウォームは還らぬ人となった。

あとに残ったのは踏まれ、飛び散り、混ざり合った魔物の死体と。

その惨劇を生み出した、二匹の魔物と一人の少年。

そしてその背後に位置取りながらも、一度として戦う機会のやってこなかった冒険者達だけだった――。

アイビーの真の姿を見ていたのは、当然ながら敵方の魔物達だけではない。

最前線と後方の間に配置されていた『ラピスラズリ』の面々も、彼女の実力を目の当たりにしている冒険者の一人だった。

「あ……あはは、すご……」

「たしかに、それ以外の感想は出てこないな……」

アイビーの放った魔法はその全てが敵の魔物へとぶつかり、瞬時に死体を積み上げていく。

一つとして外れることもなければ、跳ね返されたものや流れ弾がこちらに飛んでくるようなこともない。

人間側にはただ一つの被害もなく、アイビーはたった一匹でアクープの街にやってくる魔物達を倒し続けていた。

冒険者である彼女達にできるのは、アイビーの戦っている姿を見つめることと、彼女の足踏みによって生まれる地響きに合わせて、身体を揺らすことだけだった。

「いや、一匹ではないな……」

リーダーであるエナが見つめるその視線の先を、サラとアイシャの二人が追いかける。

そこにはまるでアイビーの一挙手一頭足を見逃すまいと駆け回り、彼女と何かを話しているブルーノの姿があった。

彼は自分達と会った後に、グリフォンをなんとかする依頼を受け、なし崩し的にテイムまでしてしまったらしい。

おかげであの時は先輩面をしていたというのに、今ではもう彼の方が階級が上になってしまった。

だがこうやって純粋な実力差……というか、格の差を見せつけられると、悔しいという気持ちすら湧いてはこない。

先を行かれたことへの悔しさよりも。

先に行ってくれて良かったという、安堵の方が強かった。

彼とアイビーのような存在が、早足で冒険者としての階段を駆け上ることは、冒険者ギルドにとって、そしてこのアクープの街にとって、絶対に間違ったことではないから。

三人は周囲の冒険者を見渡す。

彼らが浮かべている表情は様々だったが、それらは一つの単語で容易に表せることができた。

それは――恐怖。

たった一人の従魔師と、彼が使役するアイビーだけで、魔物達を蹂躙できてしまう。

その事実に、皆が怖気づいていた。

あの化け物の攻撃の矛先が、次は自分に向けられるのではないかという予測に、恐れ、怯え、臆していた。

きっとエナ達も、以前一緒に任務を受けていなければ、皆と同じような顔をしていたことだろう。

けれど彼女達『ラピスラズリ』は、彼らとは違う。

「……私達がすべきことは、わかってるな?」

「うん、もちろん」

「どれだけ効果があるかはわからないけど、できるだけやってみよう」

三人は知っているのだ。

ブルーノが、ほんの少し前まで火の熾し方も知らず、警戒の糸が切れて馬車の中で眠りこけてしまうような少年であることを。

アイビーが従魔用の腕輪を自分で削っておしゃれをする、かわいらしい部分があることを。

そして彼女は誰かに化け物と言われると、本当に悲しそうな顔をすることも。

だから彼女達は互いに頷き合って、別々の場所へと向かった。

もちろん、戦闘をするためではない。

だがそれもまた、ある種の戦いではある。

――強力な力を持つ魔物と、それを使役する少年が、いったいどのような存在なのか。

それを皆へ周知させるための戦いだ。

エンドルド辺境伯も、ギルドマスターのアンドレも、彼らにはひどく協力的だ。

自分達もその一助となって、アイビー達が恐れられないようにするために、何かができるはず。

(そうだな…………じゃあまずは、ブルーノが女の子の目を見て話せないヘタレってことでも、教えてあげようかしら)

エナは「ちょっといい?」という、作戦中にあるまじき気安さで、同業者達へと話しかける――。

冒険者達の最後尾、作戦全体を指揮するため、高台の上に二人の男が立っていた。

「おい、いくらなんでもあれは……」

「いややべぇなあれ。なんだよ、怪獣大決戦じゃねぇか」

魔物を圧倒するアイビーの戦闘を、呆けたように見つめている二人の人影がある。

ギルドマスターのアンドレとエンドルド辺境伯だ。

彼らはアイビーの強さや、彼女が使う魔法に関して、ある程度は理解しているつもりだった。

上級の魔法を使いこなし、回復魔法まで使うことができる。

グリフォンまでも蹴散らし、更にはテイムまでしてしまうというその規格外の力。

しっかりと力を推し量り、その上で取り込んだつもりだった。

だが……アイビーの持つ力は、二人が想定していたよりもはるかに強かったのだ。

「魔法何発撃ってんだよあれ、なんでガス欠にならねぇんだ」

「いや、それよりあの大きさだろ。もう山とか森とか、そういうレベルのデカさだぞあれは」

アクープの街から撤退をしながらどうやって魔物達を踏みとどまらせるかといった方策は全て意味がなくなった。

彼らが賢しらに立てた作戦は、アイビーという一匹の亀によって根本からひっくり返ってしまったのだ。

エンドルドは今目の前に繰り広げられている戦闘を目にして、正直早まったかもしれないと感じ始めていた。

アイビーという魔物を自分の懐の中に入れようとするのは……あまりにも危険が高い、高すぎる。

一度彼女の意に沿わないようなことをすれば、あの力は自分達に振るわれるかもしれないのだ。

だがこうしてアクープの街に根ざしてしまった以上、下手に追い出すわけにもいかない。

利用しようなどというこざかしいことを考えていたかつての自分を、彼は思いきり崖下に突き飛ばしてやりたい気分になっていた。

「おや、あれは幽鬼ですね。しかも二本角、これは珍しい。是非ともサンプルに欲しいところではありますが……」

エンドルドが二人を引き入れたことを後悔しかけ、アンドレもそれに似た感情を思い浮かべていた時、いきなり第三の声が聞こえてくる。

「はあっ!?　なんでお前がいるんだよ、仕事ほっぽって王都出てきたのか？」

「いえまさか、しっかりやってから来ましたよ。論文執筆とか、研究資料の整理とか」

そこにいたのは、ここにいるはずのないゼニファー＝コーニットその人だった。

彼は相変わらず着ている真っ白な白衣を撫でながら、弾丸のような速度で飛んでいく幽鬼を見据えている。

幽鬼が障壁に弾かれ吹き飛び、魔法の矢によって消し炭すら残らぬほどに蹂躙され、消滅していく。

「ありゃ、やっぱりそうなっちゃいましたか」

けれど大して残念でもなさそうな様子だった。

ゼニファーはこんな状況下にあっても、いつもと変わらぬ飄々とした佇まいを崩さなかった。

それはエンドルドにもアンドレにも、できていないことだ。

（こいつには背負うものがないから、気が楽なんだろうな）

エンドルドは身軽な悪友を少しだけ羨ましいと思った。

ゼニファーとは気兼ねなく話せる間柄なため、胸の奥にある感情を秘することはない。

「お前はあいつらのこと、全部わかってたのか？」

「全部と言われても難しいですが、一番大事なところはわかってましたよ」

「それなら事前に言ってくれよ、頼むから。俺なんて腕試しして殺されかけたんだからな」

「ああ、実力のことですか？　そんなもの、欠片ほども知りませんよ。私より強いことくらいしか知りませんし、興味もありません」

いつもと変わらぬ調子で、大きくなっているアイビーを見上げるゼニファー。

彼は村の人間以外で一番最初に、アイビー達と接触を持った人物だ。

アイビーが変に討伐されたりしないよう、色々と面倒を見たことも話には聞いている。

彼は今のアイビーを見ても、恐ろしくはないのだろうか。

アンドレとエンドルドの二人は奇しくも、示し合わせたかのように全竜という言葉を思い出していた。

それはおとぎ話に出てくる、人や村、街に国、そして大陸を含んだ世界の全てに至るまで、あらゆるものを飲み込んでしまう竜の名だった。

もしかするとアイビーは、この世界全てを飲み込む、全竜なのではないか。

そんな二人の不安を読み取り、ゼニファーがハハハと感情の籠もっていない笑い声を上げる。

それは誰かを小馬鹿にするときによくやる、彼の癖だった。

長年の付き合いでその意味を知っている二人が露骨に顔をしかめる。

ゼニファーが指を差す。

彼の人差し指の向こう側には、戦闘が掃討戦へと移っている戦場があった。

今までお預けを食らっていた冒険者達が、我先へと逃げ散る魔物達へその剣を向けて走り出す。

彼らの背後には、一仕事をやり終えて小さくなっていくアイビーの姿があった。

彼女はいつもの、ブルーノの肩に乗れるくらいのサイズになって、ふよふよと宙を漂う。

グリフォンに乗ったブルーノがそれをキャッチして、いつもの定位置へと乗せた。

ゼニファーが指をアイビー達へ向ける。

「私はね、魔物に関すること以外の全てに興味がありません。ですのでアイビーの生態とか種族とか習性とか、そういうことしか知りません。ですがね、そんな私にも一番大切なことだけはわかります」

「それは一体……」

「なんだっていうんだ？」

ここまで泰然と構えていられるということは、アイビーが絶対に暴れないというなんらかの確証でも持っているのだろうか。

例えばアイビーの心根を知っているとか、行動を止めるための弱点のようなものに精通している……といったような。

二人に視線を投げかけられて、ゼニファーが笑う。

先ほどまでとは違う、何か眩しいものを、それでも見据えようとする求道者のような瞳をしたゼニファーが言った。

「それは——ブルーノ君とアイビーが、家族だということです。姉でしょうか、母でしょうか、それとも内縁の妻でしょうか？　私にはわかりませんが……ブルーノ君がいる限り、アイビーは決して道を外さない。アイビーがいる限り、ブルーノ君が欲に取り憑かれることはない。彼らは言わば一心同体。支え合い、分かち合い、共に苦楽を過ごす存在なのです」

思っていたのとは違う答えに、二人はぽかんと口を開く。

ブルーノとアイビーを社会的に繋いだ、言わば仲人のような役目を果たしたゼニファーが笑う。

「大丈夫ですよ、大丈夫。彼らが道を過つことはない。若人二人を信じられなくて、何が権力者ですか、何が年長者ですか。今は信じてあげて下さい。それがきっと、彼らも、そして君達をも助けてくれるはずだ……」

ゼニファーの視線の先にいたブルーノが、グリフォンから降りて大地に立つ。

彼が拳を振り上げると、それを見ていた冒険者達が声にならない声を上げた。

熱気も、興奮も、そして怖気も。

あらゆる物が混じり合ったその声は、響き、轟き、木々を揺らして皆の鼓膜を震わせる。

ここにブルーノは、名実共に確かな街の英雄になった。

彼がアイビーに並び立てるようになるまでには、まだしばしの時間がかかるだろう。

しかしそれを気にしているのは、当人ばかり。

アイビーはちょっと首を長くして、ブルーノに爪で首筋をカリカリされるのを、今か今かと待ち望んでいる。

彼女はブルーノが隣にいてくれれば、ただそれだけで十分なのだ。

ブルーノとアイビーの冒険者生活は、まだ始まったばかり。

グリフォンのサンシタを引き連れ、魔王軍や隣国すらも巻き込みながらも続いていく。

ブルーノは未だ、勇者ではない。

だが——永遠に勇者ではないとも限らない。

ブルーノがいったい、将来何になるのか。

当人も、魔王も、アイビーも、そして世界も……未だそれを知らない。

That turtle,
the storongest on earth
特別書き下ろし
エピソード
アイビーの一日

「みぃぃ〜」

陽の光が差し込んできたせいで、どうやら目が覚めてしまったらしい。

弱々しい声は、けれどすぐにいつものかわいらしい鳴き声に戻った。

目をゴシゴシと擦りながら、なんとか眠らないようベッドから起き上がる。

朝のうだうだする時間が一番もったいないからとぐぐーっと全身を伸ばす彼女の名は、アイビー。

種族の正式名称がギガントアイビータートルとは思えぬほどにプリティーな、一匹の亀である。

彼女は最強だが、たとえどれだけ強くても、二度寝の誘惑はそう簡単には振り切れない。

だがアイビーは、眠気にだって負けない。

「みっ」

彼女は魔法で水を生み出すと、バシャバシャと顔にかけて洗顔をし始める。

水の冷たさを感じているうちに、目が冴えてきた。

「みぃっ！」

しゃっきりと覚醒したアイビーは、一日の予定を頭に思い浮かべる。

今日は色々と予定が詰まっている。

だらだらしている時間なんかないのである。

アイビーはゆっくりするのも好きだが、アクティブに動くのも嫌いではない。

なのでゆっくりする時間を確保するため、何か予定を入れる時はスケジュールをギチギチに詰め込むタイプだった。

そんなアイビーの一日は、朝食から始まる——。


アイビーの優雅な朝は、モーニングをやっているレストランから始まる。

彼女はサンシタのように、生肉を骨ごと食らうような野蛮な食事は好まない。

味だけではなく見た目も大切にするアイビーは、オシャレで美味しいご飯のためには時間もお金も惜しまないのだ。

「こちら、エッグベネディクトでございます」

「みいっ！」

彼女はこのレストラン『ランディ』の常連だった。

最初は「何故亀が店内に!?」と仰天していたシェフ兼店長のランディも、アイビーの聡明さに気付いた今では、彼女のことを一人のお客様として扱ってくれている。

エッグベネディクトはアイビーの好物の一つだ。

オシャレでそれほど値段が高くないため、とりあえずこれを頼むことが多い。

「み～」

ここの卵料理は絶品なものばかり。

半熟のとろとろ卵の甘みに、アイビーは頬を弛める。

続いて卵がまるまる一つ浮かんでいるオシャレなスープを飲み。

最後に豚肉と白菜の炒め物を食べた。二種類の食材の食感の違いに、最後まで飽きさせまいとするランディの工夫が感じられた。

アイビーがお会計をしようとした時、スッと差し出される一皿。

その上には白色の玉が置かれていた。玉には粉砂糖がかかっており、雪だるまのようでかわいらしい。

「こちら、新商品のブリスボールでございます。甘さがひかえ目で太りにくいため、女性の方にもお求めいただきやすい仕上がりになっているかと」

「みっ!?」

太りにくい、という言葉に敏感に反応するアイビー。

彼女はそういうところは、しっかりと女の子なのだ。

その丸っこい玉を食べてみる。

たしかに強烈な甘みは感じない、が……そのすっきりとした甘さがちょうどよかった。

今後はこの新商品を、食後に一粒食べることにしよう。

そう心に決めたアイビーは支払いを済ませ、ルンルン気分で店を後にする。


朝食を食べたら軽い運動だ。アイビーはアクープの街並みを散歩することにした。

あの魔物を討伐した功績で、アイビーには現在辺境伯直々に単独行動の許可が出ている。

エカテリーナの護衛として時折外に出向いていたアイビーは皆に顔を覚えられているし、その見た目はかわいらしい亀だ。

なのでサンシタの時のように、余所から来た冒険者が騒ぎ出したりするようなこともない。

「よぉアイビー」

「アイビーだ！」

「こっち来て～！」

あの魔物の大軍を倒した救世主であるアイビーは、今では皆のヒーローだった。

当初は怖がられていたこともあったが、今では彼女はかわいくて強い街の亀さんとして唯一無二の人気を誇っている。

一時は種族がグリフォンということでサンシタに人気で負けていたこともあったが、現在ではアイビーの方が圧倒的な優勢。

サンシタに負けるわけにはいかないと思っているアイビーは、ほっと一安心。

皆ににこにこと笑顔を振りまいたり、子供達と遊んだりしながら時間を潰す。

そしてお昼時になって人通りが多くなる前に、目的地へと向かうのだった。

「あっ、アイビー」

「みっ！」

アイビーがやってきたのは『エレクトラバードカフェ』のテラス席だ。

待ち合わせ時間の五分前に来たのだが、どうやら既に皆到着していたらしい。

そこにいたのはエナ、サラ、そしてアイシャ。四等級冒険者パーティー『ラピスラズリ』の面々だった。

アイビーはこうして時折、彼女達と会って親交を深めているのだ。

「みみぃ……」

五分前行動を心がける彼女だったが、エナ達を待たせてしまっていたらしい。

アイビーは申し訳なさそうにぺこりと頭を下げる。

「全然待ってないから気にしないでよ、ね？」

「うんそうそう、私達も今来たばっかりだし」

許してもらえたことで気を取り直したアイビーは、店の中へ視線をやる。

このカフェはアフタヌーンティーの楽しめる、女子人気の高いお店だ。

今はお昼時なので、お客さんの数もかなり多い。

観葉植物が置かれ周囲の視線を遮ることができるテラス席を選んだのは、他のお客さん達への配慮からだ。

ちなみに『ランディ』同様、ここもアイビーは入店許可を取っているので、店内に人が少ない時は中で飲食をすることもあったりする。

できる亀である彼女に、抜かりはなかった。

アイビーは三人と同じく紅茶と焼き菓子を頼んだ。

花の香りのする紅茶は、飲む前から気分が朗らかになる。

「でさぁ、そいつが一緒にご飯行こうっていうからついてったら、こっちを酔い潰そうとしてきてさぁ……」

「こないだアプローチされたからデートに行ってみたんだけど……やっぱりリードできない男性ってダメよね」

「魔法の使えない男は、ちょっと……あと教養がない男もキツいわ」

エナ達『ラピスラズリ』は、アクープの冒険者界隈ではかなりモテるらしい。

お誘いもアプローチもひっきりなしにあるらしいが、まともな男が全然いないと三人とも嘆いていた。

エナ達はアイビー同様かなりの綺麗好きであり、おまけに三人とも中流家庭の生まれなので育ちも悪くない。

なので粗野な言動を伴う冒険者達に、あまり良い感情を抱けないらしかった。

だがやはり一番関わりを持つのは同業者なのもまた事実。結果として誘われるのは冒険者からばかりらしく、三人に彼氏ができるのはまだまだ先の話のようだった。

「みみぃ、みぃ？」

「アイビー、どうかした？」

「多分『うちのブルーノはどう？』って言ってるんじゃないのかな？」

「みぃっ！」

「あはっ、当たったみたい！」

「でもブルーノは、その……ねぇ？」

「雄を前面に出されたら引いちゃうけど、男らしさは持っていてほしいという微妙な乙女心というか……」

『ラピスラズリ』の三人には、ブルーノはあまり刺さっていないようだ。

アイビーはブルーノのことが大好きだ。

まだ小さかった頃、自分を狭い世界から掬い上げてくれたあの時のことは、今でも鮮明に思い出すことができる。

『こっちにおいで、アイビー』

それからのアイビーは、ブルーノとずっと一緒だった。

アイビーの身体がどんどん大きくなっていっても。

アイビーがブルーノの両親や他の村人達から気味悪がられても。

ブルーノはずっとずっと、アイビーの隣にいてくれた。

そりゃあ頼りない時もあるし、というか頼りない時の方が圧倒的に多いけれど……それでもブルーノより良い人なんて、世界中をくまなく探してもいないと思っている。

彼がいるから、アイビーは自分の強さに不安を覚えたりすることはない。

何があっても側にいてくれる人がいる……それがどれだけアイビーの支えになっているか！

だがどうやら、ブルーノは彼女達のお眼鏡には適わなかったらしい。

アイビーはぷんぷんと怒った。

ブルーノの良さがわからないなんて、彼女達の観察眼もまだまだだ。

アイビーはおかわりした焼き菓子を食べる。

サクサクとした食感に少しだけ機嫌が良くなる。

「アイビーは本当にブルーノのことが好きなのね」

「みっ！」

こくんと大きく頷くアイビーを見て、三人が笑う。

そして姦しいガールズトークは、まだまだ終わらないのだった――。


三杯もの紅茶を飲み干してから、エナ達と別れる。

時刻はまだ午後三時。

少し食べ過ぎた後は、食後の運動だ。

アイビーは約束の時間より少し早く、待ち合わせ場所に到着する。

今日の運動の相手は――。

「よし、それじゃあ遠慮なくいかせてもらうわよ」

《姉御、昨日ぶりでやんす!》

一等級冒険者のシャノンである。その隣には既にシャノンと戦っていたらしいサンシタの姿がある。見れば二人とも全身が傷だらけだった。

「みっ」

アイビーは二人の傷を、回復魔法で癒やしてあげた。それを見て二人とも嬉しそうな顔をする。

どうやら最初からアイビーの回復を受けることを見込んで、早めに戦い始めていたらしい。

最近はシャノンにせがまれる形で、三人で戦うことも多いのだ。ブルーノの面倒を見てもらってもいるので、アイビーとしてもシャノンの申し出は断りづらい。

たまには戦っておかないと鈍ってしまうからとプラスに捉え、アイビーは戦うための準備を整える。

「――みっ!」

気合いを入れ、いつでも魔法が発動できるよう臨戦態勢に移るアイビー。

キッと真剣な表情をするアイビーの全身から噴き出す魔力を見たシャノンの笑みが引きつる。

「お手柔らかに――加速装置、三倍ッ!」

そして二人の戦闘は始まった。

シャノンの放つ神速の斬撃。

ある程度彼女の実力を知っているからこそ、アイビーは手の抜き加減というものを理解している。

振り下ろし、振り上げ、地面を浚うような低い一閃。

シャノンの振る剣の残光が光の尾を描く。

そしてそれら全てを、アイビーが障壁で弾いていく。

以前とは違い強度を上げているからこそ、攻撃を食らってもアイビーはビクともしていない。

「――チッ、硬いッ！　加速装置、五倍ッ！」

シャノンが奥歯を噛み締めると、攻撃のギアが更に上がる。

彼女の放つ攻撃は障壁にヒビを入れ、そして砕くことに成功する。

「みっ」

けれど障壁を破りわずかに進めば、そこには再度展開を終えた障壁が広がっている。

ただしシャノンはそれを見ても絶望しない。

いや、それどころか――。

「――ハハッ！　そうでなくっちゃ！」

彼女は笑う。

強敵を前にしても臆することなく、絶望することもなく。彼我の戦力差を弁えながらも、それでも冷静に勝利の目を探し続ける。

その様子を見たアイビーは、彼女のガッツにこくりと頷いた。

「みみいっ！」

彼女は食後の運動も兼ねていたことを思い出し、少しお腹に力を入れ――大量の光の矢を生み出す。

彼女の背景で流星群のように輝く、おびただしいほどの光。

その圧倒的な物量に、流石のシャノンも額に脂汗をかく。

「――みっ！」

「ぐうっ……それでもっ！」

そしてアイビーのシゴキは、まだまだ続くのだった……。


「ぜ、ぜえっ、ぜえっ……」

稽古が終わったシャノンは、息も絶え絶えな様子で地面に膝をつく。

そしてそのままほどなくして意識を失い、地面に倒れ込んだ。

彼女を回復魔法で癒やしてあげてから、アイビーはくるりと後ろを振り返る。

「みいっ！」

《ひ、ひいっ!!》

そしていつものようにサンシタには一切容赦のない魔法の集中砲火を叩き込む。

サンシタは数分もしないうちに、アイビーにやられボロボロになった。

最初は《もっと強くなりたいでやんす！》というサンシタの要望から始まった稽古だったが、今ではアイビーのストレス発散法の一つにもなっている。

《お、お疲れさまでやんす……》

そう言って気絶するサンシタを魔法で癒やしてやる。

二人とも体力は並大抵ではないので、身体の傷さえ癒えればすぐに意識は戻った。

「みっ！」

クタクタな様子のシャノン達とは対照的に、アイビーはまだまだ余裕綽々（しゃくしゃく）な様子。

いい食後の運動になったと、彼女はルンルン気分で次の目的地へと向かうのだった――。


「おおアイビー、待っておったぞ！」

続いてアイビーが向かったのはエンドルド辺境伯の屋敷だった。

最初はブルーノもおらず単体で貴族街に入ることに渋っていた衛兵も、今ではアイビーの単独行動を許してくれていた。

ちなみにこれについてはアイビーの聡明さだけでは流石に厳しく、エカテリーナの嘆願の力がかなり大きかったりする。

アイビーとエカテリーナがやってきたのは、屋敷の裏側にある花畑だった。

屋敷の前面にある庭園は庭師ががっつり草木を刈り揃えていて美しいが、この花畑はエカテリーナが使用人と一緒になって手入れをしているため、かなり素朴な感じだ。

かといって素人仕事かと言えば、そういうわけでもない。

高価な花はほとんどないが、それ故にシンプルで自然の力強さに溢れた花が咲き乱れている。

「それじゃあこっちのケジャの花と……こっちのユリもいいな」

「みぃ～っ」

「なんと、シロツメクサまで入れるのかっ！」

今日の二人の目的は、一緒に花の冠を作ることだった。

花の咲いている草を中心に摘み取り、それを巻いて繋げていく。

時には千切れそうになってしまうこともあったが、そこはアイビーが土魔法でグッと繋げてあげれば問題ない。

「――おおっ！　アイビーと一緒におれば花の冠が作り放題じゃなっ！」

殺伐とした稽古の後には、こういうほのぼのとした時間も悪くない。

アイビーの機嫌は上々だった。

彼女は実は、結構エカテリーナのことを気に入っている。

冒険者は、自分の力を求めてくる人間がほとんどだ。

もちろん頼られている感じがして悪い気はしないのだが……それでもやはり、アイビーとしては辟易（へきえき）してしまうことも多い。

けれどエカテリーナはアイビーの強さを求めるのではなく、ただ一緒に遊ぼうと誘ってくるだけだ。『ラピスラズリ』の三人もそうだが、こういった付き合い方をしてくれる同性の友人というのは肩肘張らずに付き合えるのでありがたい。

そういえば……とアイビーはさっきエナ達が話していたことを思い出す。

「みっ！　みっみっ！」

彼女は一生懸命身振り手振りをまじえ、必死になってエカテリーナに伝えてみた。

番として、ブルーノはどうだろうかと。

「妾（わらわ）がブルーノと……？　ハハッ、まあそういうのも悪くはないかもしれんな」

五分ほどかけてなんとか意思を伝えることに成功する。

今回の反応はエナ達よりもずっといい。

けれどエカテリーナの顔は、なぜだか少し寂しそうだった。

彼女はハハッと笑ってから、

「じゃがそれは止めた方がいい。人間というのは複雑でな……妾がブルーノと結婚すれば、きっとブルーノだけじゃなく、アイビーにまでとてつもない迷惑がかかってしまうじゃろう。ブルーノのことは嫌いではないし、父上に言われれば喜んで嫁ぐが……妾は今の関係が、皆にとって一番いいと思うのじゃ」

人間社会というのはとても複雑で、アイビーにはわからないことも多い。

アイビーはエカテリーナの言葉の意味を完全に理解できたわけではない。けれど彼女が悲しそうな顔をしているのはわかった。

なのでアイビーはふよふよと浮かび、エカテリーナの頭を撫でた。これをされると落ち着くということを、ブルーノによく撫でられているアイビーは知っているのだ。

「ちょっ、やめいっ……妾はもう十三で……」

「みい、みい」

「やめいと言っておろうに……」

それだけ言うと、エカテリーナは黙ってしまった。

少しだけ頬を赤くしている彼女をかわいいと思いながら、アイビーは頭を撫で続けるのだった……。


「むっ、そろそろ時間じゃな」

機嫌が直ったエカテリーナと一緒になって、花畑の中で座っていると、陽が落ち始めた。

エカテリーナの方も夜ご飯を食べる時間だ。

「みい～～っ！」

アイビーもぐぐっと首を伸ばす。

今日は色んな人と会って色んなことをしたので、少々疲れた。

体力的には問題ないが、どれだけ強い亀だって気疲れくらいはするものなのだ。

「またの～っ！」

「みぃっ！」

手を振りながら、アイビーは屋敷を後にする。

彼女の姿が見えなくなるまで、エカテリーナは手を振り続けていた。

アイビーは衛兵達にも声をかけながら帰る。

最初はゆっくりと歩いていたけれど。

歩くペースは徐々に速くなり、気付けば駆け足になっていた。

「みぃっ！」

アイビーは一陣の風になって、アクープの街を駆け抜ける。

彼女が向かうその先。

こぢんまりとした家のドアを開けば――。

「みぃっ！」

「アイビー！　おかえりっ！」

両腕を広げるブルーノの胸の中へ、アイビーは飛び込んだ。

そのままスウッと息を吸う。嗅ぎ慣れたブルーノの匂いは、やっぱり落ち着く。

忙しい毎日も嫌いではないし、子供達とじゃれ合ったり、誰かと戦ったり、友達と遊んだりするのも楽しい。

けれどやっぱり一番落ち着くのは、ブルーノと一緒にいる時なのだ。

アイビーはふよふよと浮かび、ブルーノの肩に乗る。

そしてブルーノにすりすりと頬ずりをした。

「楽しかった？」

「みいっ！」

アイビーは地上最強の亀である。

その気になればきっと、世界だって取れるだろう。

けれどやっぱり彼女が一番求めているのは……ブルーノの隣で、彼と一緒にのんびりとした毎日を過ごすことなのだ。

「――みいっ！」

アイビーの笑顔は、いつだってまぶしい。

彼女に釣られて、ブルーノも笑う。

こんな幸せが、毎日続きますように。

アイビーはゆっくりと目を閉じ、そう願った――。

あとがき

はじめましての方ははじめまして、そうでない方はお久しぶりです。しんこせいと申す者でございます。

『その亀、地上最強』を手に取っていただきありがとうございます。

恐らく史上初であろう亀ラノベ、おまけにタイトルの文字数は驚きの八文字という。

最初は非転生ゴブリン、次はおじいちゃん、ロボットものと徐々に文明の匂いを漂わせながら、やっと普通の転生ものが二つばかり出たと思ったら次は亀……この作者は一体、どこに行こうとしているんでしょうかね?

ただ何から何まで変化球ではありますが、その分中身は直球で攻めたつもりです。

自分は作者というものは作品外で内容について語るべきではないと思っていますので、詳しい言及や解説は避けようと思います。

本の楽しみ方は人それぞれ、解釈の仕方も人それぞれですから。

ブルーノとアイビー、仲の良い二人の快進撃を今後もご覧あれ。

さて、それでは最後に謝辞を。

まずこんなヘンテコな作品を見初めてくれたアース・スターノベル様、及び編集のSさん。自分の好き放題書いたこの作品が今こうして本という形で出版されていることに感謝感謝です。

途中から交代してくれた編集のI様。何本も作品を抱えながら、今作の担当をしていただきありがとうございます。時節柄ご自愛ください。

今作の世界を鮮やかに彩ってくれたイラストレーターの福きつね様にも感謝を。

題材が亀ということもあり、どんなアイビーが来るんだろうかと内心かなりビクビクしていたのですが……めちゃくちゃかわいくて良い意味で予想を裏切られました！

今作はコミカライズも決定しております。コミック編集部のY様、今後ともよろしくお願い致します。

そしてコミカライズの作画を担当していただけるのはなんとあの影崎由那様！

アニメ化経験もある超ベテラン漫画家さんです！

彼女が描く今作の世界は一体どのようなものになるのか……一読者として楽しみにしております！

そして最後に、今こうしてこの本を手に取ってくれているそこのあなたへ何よりの感謝を。読後、心の中に何かが残ってくれたのなら、作者としてそれに勝る喜びはございません。

それではまた、二巻でお会いしましょう。

Thank you for Reading!!
福きつね

ヘルモード
～やり込み好きのゲーマーは
廃設定の異世界で無双する～

二度転生した少年は
Sランク冒険者として平穏に過ごす
～前世が賢者で英雄だったボクは
来世では地味に生きる～

反逆のソウルイーター
～弱者は不要といわれて
剣聖（父）に追放されました～

俺は全てを【パリイ】する
～逆勘違いの世界最強は冒険者になりたい～

毎月15日刊行!!

最新情報は
こちら!

もふもふとむくむくと
異世界漂流生活
メイドなら当然です。
濡れ衣を着せられた
万能メイドさんは
旅に出ることにしました
転生して
ハイエルフになりましたが、
スローライフは
120年で飽きました
駄菓子屋ヤハギ
異世界に出店します
ドイツ軍召喚ッ!
～勇者達に全てを奪われた
ドラゴン召喚士、
元最強は復讐を誓う～
偽典・演義
～とある策士の三國志～
生まれた直後に捨てられたけど、
前世が大賢者だったので余裕で生きてます
ようこそ、異世界へ!!
EARTH STAR
NOVEL
アース・スターノベル

メイドなら当然です。

万能メイドさんの
異世界紀行

濡れ衣を
着せられた
万能メイドさんは
旅に出ることに
しました

三上康明
Illustration キンタ

異世界ガール・ミーツ・メイドストーリー！

地味で小柄なメイドのニナは、
ある日「主人が大切にしていた壺を割った」という冤罪により、
お屋敷を放逐されてしまう。
行き場を失ったニナは、
お屋敷の中しか知らなかった生活から心機一転、
初めての旅に出ることに。

初めてお屋敷以外の世界を知ったニナは、
旅先で「不運な」少女たちと出会うことになる。

異常な魔力量を誇るのに魔法が上手く扱えない、
魔導士のエミリ。
すばらしく頭がいいのになぜか実験が成功しない、
発明家のアストリッド。
食事が合わずにお腹を空かせて全然力が出ない、
月狼族のティエン。

彼女たちは、万能メイド、ニナとの出会いにより
本来の才能が開花し……。

1巻の特設ページこちら

コミカライズ絶賛連載中！

駄菓子屋ヤハギ
異世界に出店します
Dagas gi Isekai Ni Shutten Shimasu

どこか懐かしい駄菓子が、
異世界でウケてます！

1巻の
特集ページは
こちら

EARTH STAR NOVEL
長野文三郎
イラスト 寝巻ネルゾ

「駄菓子屋」の能力を与えられて、異世界に転移した青年ヤハギ。ひとまず日銭を稼ぐために店を開くと、ガム、チョコ、スナックと何やら見覚えのある駄菓子が屋台に並ぶ。安くておいしいだけでなく、ステータス上昇、魔力回復、戦闘支援――いろんな効果のついた駄菓子は冒険者にウケて、一気に常連客が増えていく。売れるとレベルが上がり、レトロなおもちゃやゲーム台まで並び始め、駄菓子屋ブームが起きる中、指名手配中のヤンデレ魔女にも知らないうちに気に入られてしまい……!?

私の大好きな駄菓子屋さん❤

シリーズ好評発売中!!

その亀、地上最強 ①

発行 ―――――――――― 2023年4月14日　初版第1刷発行

著者 ―――――――――― しんこせい

イラストレーター ――――― 福きつね

装丁デザイン ――――――― 山上陽一（ARTEN）

発行者 ――――――――― 幕内和博

編集 ―――――――――― 今井辰実

発行所 ――――――――― 株式会社アース・スター エンターテイメント
〒141-0021　東京都品川区上大崎3-1-1
目黒セントラルスクエア　7F
TEL：03-5561-7630
FAX：03-5561-7632
https://www.es-novel.jp/

印刷・製本 ――――――― 図書印刷株式会社

© shinkosei / fuku kitsune 2023 , Printed in Japan

この物語はフィクションです。実在の人物・団体・事件・地域等には、いっさい関係ありません。

本書は、法令の定めにある場合を除き、その全部または一部を無断で複製・複写することはできません。

また、本書のコピー、スキャン、電子データ化等の無断複製は、著作権法上での例外を除き、禁じられております。

本書を代行業者等の第三者に依頼してスキャン、電子データ化をすることは、私的利用の目的であっても認められておらず、著作権法に違反します。

乱丁・落丁本は、ご面倒ですが、株式会社アース・スター エンターテイメント 読書係あてにお送りください。

送料小社負担にてお取り替えいたします。価格はカバーに表示してあります。

ISBN 978-4-8030-1775-5